中短篇小说自选集

荒月

胥和彬 著

陕西新华出版传媒集团
太白文艺出版社·西安

图书在版编目（CIP）数据

荒月 / 胥和彬著． -- 西安：太白文艺出版社，
2023.1（2024.4 重印）
　ISBN 978-7-5513-2247-8

　Ⅰ．①荒… Ⅱ．①胥… Ⅲ．①中篇小说－小说集－中
国－当代②短篇小说－小说集－中国－当代 Ⅳ．
①I247.7

　中国版本图书馆 CIP 数据核字（2022）第 188485 号

荒月
HUANG YUE

作　　　者	胥和彬	
责 任 编 辑	张　鑫	
装 帧 设 计	刘昌凤	
出 版 发 行	陕西新华出版传媒集团	
	太 白 文 艺 出 版 社	
经　　　销	新华书店	
印　　　刷	三河市元兴印务有限公司	
开　　　本	880mm×1230mm　1/32	
字　　　数	200 千字	
印　　　张	6	
版　　　次	2023 年 1 月第 1 版	
印　　　次	2024 年 4 月第 2 次印刷	
书　　　号	ISBN 978-7-5513-2247-8	
定　　　价	59.80 元	

生活就像一张网

将她围困在中间

人生是由许多的相逢、相知、不舍和离别组合而成的。缘分是连着你、连着我、连着他的一根无形的神秘的线，它带着我，指引我，去某个地方，去见某个人，去做某件事，去赴一场宴，去喝一盏茶，或去买某本书……

　　我相信缘分，也相信素未谋面的你们，与我之间也是一种缘分。

　　本书是我多年利用业余时间写的一本中、短篇小说集，写得不好，还恳请读者朋友们多提意见、批评指正与海涵。谢谢。

曾和彬

2022年10月18日于浙江义乌

目录
contents

田野上的心愿

这正是八月中旬四面热如砖窑的天气，老四上穿一件背心，下穿一条短裤，坐在堂屋的饭桌上做试卷。虽手持一把蒲扇摇动，但老四还是忍不住地叫热。试卷做着做着，老四心里就发毛了：也不知道今年到底"狗火"运气旺不旺啊？

老四把试卷一掀，撕下一白纸条儿，从中间裁断，一片写"旺"，一片写"栽"，捏成团一抛，纸团落在了饭桌上，老四闭了眼伸手摸了一个，拆开一看——旺。老四一下高兴得跳了起来："狗火旺喽！"

"四娃子！——快提点凉水来哟！我们口都渴得冒烟

喽！……"母亲在稻田里朝他尖声喊。

老四提着一把乌黑的瓦茶壶，头扣一顶汗渍斑斑的斗笠，眯着眼走在热烘烘的、反射着太阳光的田埂上。在那上面行走，仿佛踩在了烧红的铁板上，烙得脚板心像针刺一样疼。

"这鬼天气，真的好热！"老四用手擦了一把脸，忍不住地骂了一句，他看到田埂边上的黑蟋蟀被这一声惊得直往稻林里跳。

但他马上又缩回了话头。因为父母还正在田里辛劳地拽谷子，父亲抱病都仍在坚持，他还有什么好抱怨的。

"当农民的真苦啊！"老四想，"老师常说，白饭白饭，从下种到吃上饭有一百次劳作的工序。要是我真的狗火旺，考上了，我一定要更加勤奋学习，到时研制一种机器，只需在家里的计算机上操作，稻子就能乖乖地粒粒归仓，那该多好呀！"

想到此刻正在烈日下挥汗如雨的父母，老四的心突然萌生了一种对不住他们的感觉。

去年为了老四和老三去复习，家里已经很缺钱了，母亲把准备喂到过年的鸡和猪都提前拉去卖了，钱还是不够数，又叫父亲出门去借。

两兄弟在屋里等呀等呀。

父亲终于回来了，跨上台阶，双手扶在大门旁的石柱上，张着大嘴直喘气。看见父亲那苍白的面孔，那病恹恹的样子，兄弟俩知道父亲的肺气肿是越来越严重了，内心又十分难过起来……

两兄弟马上去扶他老人家到桌边坐下。

老四端来开水，怯生生地说："爸，你上医院去看病没有？"

父亲没缓过来气，只是难受地摇手。

一看屋里满目的破烂，老三愁了，这景象跟电影中那些苦难人的家境一模一样。等了半天，父亲凄怆地说："我这病是没法医了。"说罢，便伏在桌上不动了。

这岂不是叫人等死吗？如果有什么不测该怎么办啊？病和贫困将会早早地夺去父亲的生命啊！

老三、老四知道，父亲过去是一个身强力壮的汉子。在生产队时，他是担挑推拉、抛粮下种的行家。土地承包后，坡上的活儿便由父亲一人承担，他还要抽很多时间去帮人做零工。虽然挣了些钱，但他的衣衫却仍是补丁摞补丁；每月的旱烟，一直限在三块钱内，后来患了肺病仍无钱治。因为钱全投进他们两个"祸害"读书的开销里去了。小学六年，中学六年，兄弟俩又都复读了两年，一年两兄弟花费数千元。对于一个十分偏僻的山乡农民家庭来说，钱太稀罕了，这是天上不落，地下不生的东西。一次父亲帮人去河包镇挑甘蔗，来回四十里路远，挑一百斤给四块钱。那主人看着父亲没有吃午饭，另给了一块钱叫父亲去吃四两面条。父亲舍不得，空着肚子挑着担便要上路。半路上，父亲大汗淋漓，面色苍白，最后晕倒在大路旁了。父亲为的仅是省一块钱，一块钱对于其他的人来说，又值几何？然而他老人家却……

父亲在桌上伏了半天，才平稳下来，将那左肩头上有块大补丁的中山服的扣子解开，里面是件烂了领的白衬衣。他把白衬衣扎在了裤腰里，再解了两颗衬衣的纽扣，一只惨白的皮包骨头的手颤抖着伸进去摸了两把钱出来，放在桌上，一把推给老三，一把推给老四，说："这是两千，你们一人一千。"

"找谁借的？"老三、老四惊奇地问。

"唉，找谁借呀？谁都不愿借这东西！"父亲说。

"那怎么来的？"

"全是贷款！"

……

"唉，不知三哥进城拿分数，怎么样了？"老四看着眼前那铺满黄金一般沉甸甸地等着主人来收割的大片大片的稻谷，心事重重地又叹了一口气。"好庄稼都是别人家的……"老四的目光搜索到自己的田里时，目光停住了：秧苗由于缺肥，跟人缺乏营养一样，长得是稀稀拉拉的。大家都开始挞谷了，我们家的庄稼秧叶还没淹住水呀！

父母呢，却没在田地里。老四抬眼扫视时，只见母亲坐在高粱地的田埂上，正朝他挥动着手中的破草帽呢。父亲坐在母亲的身边，他们好像正在谈论着什么，神色苦闷。

老四走过去，脚上穿着一双用旧凉鞋剪成的拖鞋，发出一阵阵啪嗒啪嗒的响声，在干燥的田埂上拖起一股股黄黄的尘土。

"爸、妈，水来喽！你们快喝。我来帮你们割一阵儿吧！"

"你割啥呀，快回去好好看自己的书。等会儿我回去就把饭煮好。"

父母的脸晒得黑红黑红的，上衣早已湿透，紧紧地贴在背心上。他们的裤脚高高地卷起，裤管上溅满了星星点点的泥巴。

母亲接过茶壶，一边举起茶壶倒在嘴里，一边问："你三哥回来没？"

问话时母亲的脸色很严肃，父亲却有点慌神，睁着带血丝的眼睛盯着老四。

老四的心又无端地开始收缩了。他长到二十岁，早已熟知妈的性情，知道她的内心是很着急的。母亲是一个特别的女人，村里人都这么说。她是二十世纪五十年代县中学的第一批毕业生，学校三十周年校庆时，墙报上还有她的名字和简历呢。据说，当时全县女生仅她一人上了县中学，她还为解放军进镇子剿匪带过路，参加过土地改革运动，做过县供销联社的总会计，她把数百条的《毛主席语录》背得烂熟……母亲心里有一样东西，一种与世人不一样的东西，这个家里的一切都靠这种东西支撑着，老四和老三的命运也被这种东西支撑着，甚至支配着，丝毫不能松懈。

"他还没回来呢。"

母亲不再说话，父亲却忍不住望天叹了一口气。母亲看了父亲一眼，眼光如锥子一般。父亲立刻像犯了错误的孩子，低下了头。

父亲老是这样，一向忍让母亲。他了解母亲，母亲是个地道的火炮性格，心直口快，爱走极端，但又是个心地十分善良的人。老四将目光从父母身上移开，扫向收割了近一半的寂静无声的田野。正午的太阳正发出灼热的光芒，威力无穷，不可仰视。劳作的农民都三三两两聚向近旁的树荫处小憩，以迎接即将开始的又一轮极耗体力的劳作。

"老四，你回家去！你三哥兴许回来了。"老四被母亲的话叫醒，本来热得发红的脸一下子更红了。老四有些愧疚地望着父亲那布满皱纹的一脸病态的黑瘦面孔。

"我在家看书头都看昏了。你们好好歇歇，我来割一会儿。"

"'祸害'呀！你就保证这次能百分之百考上吗？要是考不上，还得给我复习，直到考上为止！你想想，你们都复习两年了，你的好些同学，你扳手指数一数，王立、蔡文、张超他们，都是来过咱们家的，你的好朋友哪个还没考上？我看只有你们这两个笨蛋还没考上。看你俩那'行李担'准备挑到猴年马月去！我不管，要是不给我考上的话……哼！"

"是啊是啊，你们俩非给我考上不可！回屋念书去，我跟你母亲割就行了。"

父亲从来都是这样，总帮衬着母亲说话。

老四往回走，只觉得心里堵得慌。抬眼看去，哪家的田间地头没有孩子在帮着干活呢？特别是在这赶时如救火的收割季节。可偏偏他家，只有两个老人在地头里忙死忙活的身影。孩子呢？一个到县上的学堂看高考分数去了，一个则被关在家里念书——害怕考不上。考学是父母给他们兄弟俩定下的硬性目标。

"老四，你考上了？"邻居的徐大哥路过，手执一根吆鸭儿的长竹竿问道。

老四板着脸摇头，没说话。

"你们两兄弟，还是要到地里帮着干活呀！你父亲有病，地又那么多，就靠两个老的在拼死拼活可不行啊。俗话说，三岁牷牛十八汉，你们这个年龄不来帮着犁地，反倒耍得像城市的公子哥儿了！"

老四急了起来，说："他们不让我帮手呀！"

徐大哥叹了口气："你娘那个性子呀，真是倔强！也不晓得图个啥？明知那独木桥难过，她还偏让你们去挤。乡下人本来就这个命，锄头落地才是庄稼呀！不是不支持你们考这考那，只是我看了，拿那点国家工资还不如我卖鸭蛋挣得多呢！"

老四低下头，心里又难受起来。在他们兄弟俩念书的事情上，村里人有羡慕地说："他们这样念下去，终会考上的，功夫不负有心人嘛。"也有说风凉话的："骨头骨节都没有生正，那考大学，能是随便谁都能考上的吗？想得美呢！"徐大哥的两个儿子，都只念到小学毕业，家里人就没让再念了，那两个儿子早就去广州打工挣现钱了。对于这些议论，母亲一概不理睬，依旧我行我素。这是母亲身上唯一与这偏僻山村人们格格不入的地方。

母亲是在一次进城办事时见到老四的同学王立的。那时老四还有同班的几个同学一起在大街上闲逛，母亲看见王立时眼睛一亮。王立西装革履，一副学者风范，他太像他父亲了。在老四喊过"母亲"，另外几个同学依次喊过"阿姨"之后，母亲指着王立，说："这同学真俊！叫什么名字？"

王立礼貌地笑着，说："阿姨，我叫王立。"

老三也站在一边，赶紧补充道："妈，他就是我们校长的儿子。"

母亲一愣："王校长的儿子？"

王立吃惊地看着她："您认识我父亲？"

母亲笑了："王校长谁不晓得？他是我们县唯一的南下干部，大家都知道他。"

以后，母亲总是夸奖王立长得好，懂礼貌，不愧出生于干部之家。这些话老三、老四却不是很爱听，因为觉得母亲处处赞赏王立的同时也是在贬低他俩，他俩内心受到了极大的伤害。

老三、老四知道母亲认识王校长，因为第一年为复习的事，她曾经到县中学去找过王校长。当时老三、老四为母亲的行为感到吃惊：他们觉得母亲是一个山乡的农家妇女，人家是县中学的校长，论级别是县团级，人家会理吗？可谁知后来，学校知道他们家的情况后，将学校的"困难基金"给了老三、老四，这帮他们家解决了兄弟俩一部分的上学学费呢。

有一次，老三说："我不读了，大学太难考了！我经不起正式考试，每次模拟测试成绩都挺好，可临场发挥就不行了。真的'狗火'不旺。看来大学与我是无缘了。"

母亲却恨铁不成钢，说："这么一点失败都经受不起，有什么用？你不读可以，那这大眼小洞的土墙屋就给你了，给我把农民当好，挖干田、铲地皮去！"

昏暗的灯光下，一家人围着桌子悄无声息地吃着晚饭。老四有一下没一下地往嘴里扒着饭，一边偷着瞅父母的脸色。母亲的脸在灯下显出一点点的惨白，父亲的那张脸似乎更加黑瘦，更显病态了。

父亲咳嗽两声，苦着脸说道："考不上就算了，跟着我们种田，也是一样的。"

母亲没接话，甚至眼皮都没眨一下，父亲便闭了嘴。屋子里重新静下来，只剩下碗筷碰撞的轻微的声响。

老三丢下吃了一半的饭就起身要出去，被母亲叫住了："三娃子，听我说，俗话说得好，只要功夫深，铁杵磨成针。你两兄弟还没到二十岁，总有一年会考上的。再说，你们现在念书，自己还不用掏学杂费嘛。平时我给你俩的零花钱虽不多，但家里再穷，也没穷过你们呀。"

老三苦着一张脸，似乎要哭出声来："不！妈，你别再逼我了！现在干啥不是挣钱？出去打工，在家务农，学手艺，七十二行，行行出状元……为什么非要去考大学不可呢？"

"放屁！你简直在胡说！"母亲破口大骂起来。

最后母亲痛哭了一场。

老三站起来，推开凳子，飞快地冲出家门，冲进了漆黑的夜色之中。

"哥……"老四丢下碗筷，紧跟着也跑了出去。

经过了整整一天日头炙烤的大地，在夜的怀里终于渐渐平息了性情，变得宽厚而平和。风略带凉意，唯有夏虫仍在不甘寂寞地鼓噪着。老四陪哥哥坐在院前的河滩边上，看月光照在水面，水面上泛起的粼粼波光，听着河水默默流向远方的声音。

远处传来了一阵拖着旧布鞋走路的踢踏声，是父亲过来了吗？老四抬眼看，正是父亲衔着烟杆走过来了。父亲坐在老三的身边，吸了两口烟，说："我给你们说个故事。"

老三和老四同时抬起了头，目不转睛地看着父亲那枯瘦如柴的身子。

三十多年前，我们这窟窿镇的庙湾，出了一个聪明伶俐的独生姑娘。这姑娘读书很用功，一直是私塾班里的尖子生。小学毕业时，她以班上第一名的成绩考入了县立中学。正逢中华人民共和国成立了，她家被划成"地主"成分，一切财产归公。家里无钱供给她学习了，她父母要她回家纺线织布谋求生活。她却始终不依，坚持要继续念书，家里不拿钱给她，也没有钱拿给她，她就主动去帮人家洗衣打水，扫地抹桌，有的同学就把过时的衣服送给她，有的给她饭票。由于她成绩特别好，学校又给她很高的助学金，就这样靠助学金好不容易才挨到了三年后毕业。她和工作队一起去季家镇参加土改运动，后又到江津白沙会计学校学习会计。回县后，被分配到县联社当总会计。这时就有一个姓王的南下干部来到了县联总社当书记，他们真心相爱了，一直相恋三年。但这姑娘的父母始终不同意，嫌那南下干部是北方人，生活习惯不同，硬要她同一个家庭成分相同的军大毕业生好，说这样可以避免以后生活中拌嘴——谁说谁的"成分"不好。这姑娘痛苦地哭了几天几夜，最后和这军大生结了婚。由于"成分"的原因，他们后来都双双回到了农村当上了农民。

老三、老四听得眼睛发直，父亲的声音落下去了，老四问："那姑娘就是我母亲？"

父亲点点头，没有说话。

"那，您就是那个军大毕业的？"

父亲沉默着，望着漆黑的夜，没有说话。

"怪不得母亲老是说人一生犹如一盘棋啊,走错一步,全盘皆输……"老三喃喃自语。老四则感觉到有凉凉的东西涌出眼眶,流到了脸上。

父子三人沉默了下来,任凭昆虫的喧哗伴着流水声在空中划过。良久,老四惊醒过来,轻声问:"后来呢?"

"后来,就有了你哥,再后来,又有了你。我和你母亲拼死拼活地做活,日子却不知怎么的,总是好不起来。"

老四突然觉得心头电光一闪,脱口而出:"现在我们的王校长?就是那个南下干部?"

父亲吧嗒吧嗒吸烟,不再吱声。老三、老四愣在那儿,悄无声息,不敢再开口。许久,父亲站起身,在鞋帮上磕磕烟斗,磕出一些闪着亮光的烟灰,说:"你母亲是个大好人,心善、能干、要强。她总跟我说,她这辈子最大的心愿,就是指望有一天,你们兄弟俩都能考上大学,是为了你们自己,也是为我们争口气。关键是你母亲这辈子心里不平衡呀。想到当初有许多同学,论学习、讲能力都比她差远了,仅凭家庭出身好这块招牌,一辈子儿子孙子都好了。现在你们正赶上不讲究什么成分的大好时代,英雄有用武之地了。所以,老三呀,你真不想念书就跟你母亲说清楚。别怨你母亲逼你,她心里也够气的。"

父亲说完,不再理会仍坐着发呆的兄弟俩,自顾自地靸着布鞋走了。

一年一晃过去了，犹如白驹过隙。不知这次究竟会怎么样呢？老三他究竟能不能考上？别过徐大哥之后，老四心绪不宁地继续往家走，远远地看见自家的门大开着，老四快步跑了起来。

"哥。"老四冲进屋一看，噎住了。只见哥哥怕冷似的蜷着身子，双手抱头，坐在堂屋一侧的矮凳上。老四的心猛地往下一沉，他冲过去使劲摇着哥哥的肩膀："哥，考上没有？到底怎样啊？"

"你考上了重庆师专，这是通知书……我的分数比去年还差了……"老三毫无生气的声音像是从阴冷的地狱里传出来似的。

老四拿着红色的录取通知书高兴得一下子跳了起来，看了又看，疯狂地跑去给父母报喜去了……

考上了！长石坝这块土地上自从恢复高考以后，是从没出过大学生的，这无疑是长石坝上的一大荣耀，似乎长石坝人的脸面都光彩多了。队上便有两位蓄着山羊胡子的叟者，慢慢悠悠走到村支书的家里，说："哎呀，不简单呦！胥运通家出大学生了！"

支书也觉得老四能坚持考上的确不简单，同时老四为长石坝人民做了巨大贡献——考上大学，就等于节约了三个人的土地。现在的田地本来就很金贵，若户口不走，一婚一生，一人就变成了三人，大家就又少地了。再说，窟窿镇这块山乡土地上，本来就有一种习俗：凡遇红白喜事，亲朋好友、远近乡邻都要来送礼，热闹非凡。于是支书就决定，由村上出笔钱来为胥家放放火炮子庆贺庆贺。而胥氏家族老辈一听支书如此说，也大受启发，亦马上遣人去各家筹款。经商或有正式工作的家庭每户捐五元，务农的捐三元。当天夜里，电影放了个通宵，鞭炮燃放后的纸屑扫到一起，足有几箩筐，胥家张口裂缝的堂屋各种挂式对联、匾额陡然间也挂满了。放电影之前，支书一阵贺词之后，又提议："请大学生家长介绍介绍培养学生的经验。"掌声雷动，父亲接过话筒，刚干咳了两声，准备高谈阔论一番，母亲在旁边说："你培养了个啥呀，一辈子都是蔫巴巴的。这两个娃儿都全靠我呢！"

全场哄然大笑。

父亲也忍不住笑了："哎呀！那就由你讲嘛。"

母亲接过话筒，也学着某些干部讲话的样子，嘴巴对准话筒噗噗地吹几口气，大家以为她要开始介绍了，都鸦雀无声地竖起了耳朵聆听。哇的一声，母亲却哭了……

晚饭时，支书和胥氏老辈硬要敬母亲酒，说："你没讲，但其实比讲了表达得还多，确实不易啊！"

母亲想："能得到支书的敬酒，也实属不易的。"母亲高兴极了，端着两杯酒仰脖就喝了。

后来便是支书、主任、文书他们划拳猜谜，直到深夜，酒灌得身子摇晃了才散去。

因为兴奋，父亲也接受了数杯敬酒，他的脸通红起来，头发晕，看见满桌的人也转动起来，墙上的对联和匾额也在天上飞舞。

扶父亲躺上床，他的呼吸已经很困难了。母亲以为他喝醉了酒，拿热帕给他搭在了胸膛上，就没再去管他了。第二天早晨，母亲起来一看：床脚、床沿、床上和被单上到处是涎水渍，父亲躺着不省人事。母亲叫了他数声也没反应。母亲慌了，后悔自己不该喝酒，喝了酒就睡得沉，没有照顾好老头子。当然也后悔自己没有去阻止他喝酒，因为医生早在几年前就打过招呼，老头子是肺气肿，禁烟酒辛辣之类的刺激东西。她高兴起来把什么都忘了……

家里的空气突然紧张起来。母亲掐父亲人中，老三摸脉搏，老四请医生。母亲把手背伸到父亲的鼻孔外，感觉他仅剩一丝微弱的气息了。

母亲悲怆地叫道："糟了！"随后便伤心地哭诉起来："运通，你的命好苦呀！老四才考上大学，你还没享到福的呀！你不能丢下我就走了！"

老三也嚷道："这可咋办呀！"

父亲的脉搏十分微弱，母亲搭了好长时间才搭出来。村上的赤脚医生来了，坐到床边，一搭脉搏，站起来说："快送医院抢救！"

老三和老四听医生如此说，心里慌张极了，一边抹泪，一边跑去队里借椅子、滑竿。一会儿，队里来了许多人，屋里屋外都站满了，个个的心都快跳出胸膛了，空气似乎一下凝固了。

有的嚷："赶快送医院。"

有的嚷："赶快掐人中。"

有的嚷："赶快用红辣椒熏一熏，开开窍。"

赤脚医生说："我给他打一针，赶快抬走。"

打了针，老三、老四抬起父亲，母亲在后面收拾了些换洗衣服，拿了几个粗瓷碗、瓷盅，整理了一竹篓，一路抹泪，跟在担着父亲的滑竿后面疯跑。

镇医院，只有一个医科大学的毕业生，也是这里的权威医生。老四请到他，他说马上就来，等了好一阵，却仍没见他来。母亲看着眼睛紧闭、呼吸急促、张着大嘴的父亲，心如刀绞般疼。医生来了，她扯着医生的衣服，声嘶力竭地哭着说："医生呀医生！快救命呀！"话没说完，老四一把扯开母亲："妈！你别闹这样凶嘛！"

老三哭丧着脸说："老四，你去医生那打点打点，我来照顾父亲。"

老四向母亲伸手过去，说："妈，拿点钱给我。"

"做啥呀？！"

"你快拿呀！"

母亲不知道拿钱干什么。但还是一边抹泪，一边哆哆嗦嗦地在腰间的口袋里摸，掏了十元出来。

老四说："不够呢。"

"还要多少？"

"这些人起码是抽'红塔山'烟的。至少拿一百元……"

"要拿一百元？"

母亲那皱巴巴的手哆嗦得更厉害了，掏十元，又掏十元，当掏到五十元时，老四再也等不下去了，一把抓过，拔腿便跑。

"你得看情况呀！这都是你和你三哥的学杂费啊！"

老四想到救父亲要紧，一下豁出去了，他没有跑去医院外的烟摊。直接把手里攥着的钱全塞进了那医生的口袋里，医生手一挡："你搞这些干啥呀！要不得的……"医生问老四："那病人是你啥？"

"是我父亲。"

"那快，你父亲的病不轻呀！"

经过输氧、输液，父亲渐渐睁开眼了。母亲这才松了一口大气。

　　父亲像从睡梦中醒来似的，说："这是在哪里呀？"

　　"你猜呢？"母亲高兴地笑了。

　　父亲看着白色的天花板，又扭来动去地看着屋子的一切，说："嗯，我不是正在睡觉吗？怎么在医院呢？"

　　"那酒好喝不？你呀你，运通，我不知还要给你说多少次呀！你有病，医生那年就给你说了，你就是记不住……这次差一点乐极生悲就送你入黄泉了！你记得吗？我们那年就说了，等他们两兄弟考上大学参加工作了，就凑点钱来，我们一起旅游上北京，看看长城和天安门广场上毛主席的画像，才算我们这辈子没有白活呢！老四已经考上了，你知道不？"母亲说。

　　父亲咧开嘴微笑着，轻轻点头，说："我知道，到这来，都是为老四考上学校多喝了几杯酒。"父亲沉下脸来又说，"你这辈子跟着我，把你给坑苦了……"他说不下去了，眼泪从眼眶流了出来。

　　母亲用手巾给父亲擦了泪，说："你说这些干啥呀，我们不是都挺过来了吗？我把这条老命拖到了现在，我也知足了，以后就看这两兄弟的造化了。好在他们正赶上这个'英雄有用武之地'的大好时代了！"

半月之后，父亲出院了。

老三躺在床上，闭着眼，脑子里像在烧着一锅滚烫的开水一样：母亲那严肃而惨白的脸，父亲那病恹恹枯瘦的身影，老四考上学校的那股兴奋劲儿，亲朋好友的眼神，穿着西装革履的具有学者风范的王立，依然有着挺拔身材的南下干部王校长……一个个人物和场景都像走马灯似的在眼前晃过去。他头痛欲裂……

守门人

今天孔老师没有急着离校，而是把狗拴在操场边的榕树下，去找学校的鬼老师问招聘守门人的事。鬼老师和他是最要好的。说起要好，其实也不然，用鬼老师的话说，主要是他们原来在村上教书的时候，都喜欢那口"马尿"。如果不是喜欢那东西，也许孔老师就是来希望小学十回八回，想用酒精麻痹一下自己，也还是想不起鬼老师这个人的。

这天，酒过三巡之后，鬼老师就指着孔老师骂："你太迂了，太不懂事了，只以为天上会掉馅饼，你傻吗你？"

孔老师傻傻地望着他，没有反驳。要是平时，别说你骂，就是说了句重话，孔老师都要和你扳到底。这时鬼老师在旁边拿起一个碗，啪的一声蹾在了桌上，拿把瓢羹连舀三下，碗里的酒就盛了半碗了，鬼老师将碗放在孔老师面前说："喝了，喝了我教你几招。"然后鬼老师又说："真是的，都上六十岁的人了，还不成熟，难怪女人看不上你哟。"

孔老师被骂得面红耳赤，之后抻长脖子，眼睛瞪着酒碗说："天，那么多？"

"你不想听？"

"想听。"

"想听就乖乖喝了。"

孔老师再次瞪圆了脸上的"二筒"，盯着那碗里的酒。

"喝不喝？！"

孔老师端起碗，闭着眼，一仰脖子咕噜咕噜就喝下去了。随后手一横，抹掉了难过的泪水。

桌旁立刻响起了啪啪的掌声。

这时，鬼老师把嘴伸到孔老师的耳边，用手罩住嘴，咬起耳朵来。孔老师听后，说："就这么简单？"

"就这么简单。"

其实鬼老师咬孔老师的耳朵是叫他去弄几斤雄鱼，也就是鳙鱼。鬼老师说这是史校长无意间说出来的，他说他这些年吃饲料鸡、饲料鸭都吃成"三高"了，很想换换口味吃点"绿色"的。

孔老师家住距离希望小学十公里的板桥村，那是个"山高路不平，下雨怕出门"的穷山沟。但那山沟中间有条河，里面的鱼儿不少，虽说是给史校长找"绿色"鱼，但这也给孔老师的周末平添了很多乐趣。

　　孔老师一共去河里钓了几天"绿色"鱼，把钓来的鱼都倒进缸里养着。钓完后，他开始选鱼，虽说他一辈子没近过女色，但他认动物的公母却是很厉害的。孔老师把鱼头部、胸部有"珠星"的，体表皮肤粗糙的，挤压下腹有乳白色精液流出的，就"录用"——这是根据鬼老师说的，全要雄鱼，不要雌鱼。这天，在太阳下山的时候，孔老师提着一桶雄鱼就给在镇上住的史校长送去了。

　　后来，孔老师坐在自家草房前的石梯上一边吧嗒吧嗒吸着烟，一边凝视着通向学校方向的大路。一天又一天，没有学生给他捎信回来。孔老师想，难道史校长嫌那鱼太小了吗？

　　金刚，也就是他的狗，这时蹦跳着来跟他亲热了。孔老师叫它趴下，它就趴下；叫它翻滚，它就翻滚。这时孔老师抱着金刚的头和自己的头碰起来，他的眼睛看着金刚，金刚的眼睛看着孔老师。他俩就这么对视了很久。孔老师问："老伙计，现在我遇上麻烦了，请你给我出个主意吧！"

　　孔老师话音一落，金刚就把头从孔老师捧着的手中挣脱出去，向前边的竹林跑去，因为那里有一只公鸡。公鸡正舒展着双翅，咯咯地在追赶着一只年轻的小母鸡。金刚追得那公鸡四处躲藏，最后逼着公鸡钻进了苕窖洞。孔老师一拍大腿，站起来，觉得金刚太通人性了，手一指，叫它去苕窖洞把那只公鸡抓出来……

这天夜里，孔老师就用蛇皮口袋把鸡装好，又用剪刀在口袋的中间剪一个圆孔，把公鸡的头拉出来。趁着黑夜，孔老师打着手电，提着装着公鸡的口袋又往住在镇上的史校长家去了。

孔老师又等了几天，可还是没有人给他捎来任何消息。孔老师觉得可能是史校长这人胃口太大了，自己送的礼还是太轻了。

后来孔老师坐不住了，叫上他的金刚再次去希望小学。当时史校长正在办公，见孔老师来了，马上站起来，沏茶、递烟、点火。孔老师没坐下就急忙问他的情况。史校长为难地说："孔老师，我算尽力了，就为你这事，我组织学校行政人员都开了两次会，举手、投票都搞过，可你的票数就是超不过半数啊！"

"啥原因？"

"我也不知道。"

"还有办法吗？"

"至少我是没办法了。"

"你是校长都没办法？"

"校长也不能一手遮天呀！"

孔老师又去鬼老师的寝室了，他往床上一躺，双手放在额头上，叹气声不迭。

鬼老师问："你送鱼了吗？"

"送了。"

"多少？"

"七八斤吧。"

"七八斤？要不少钱吧？"

孔老师摇头。鬼老师"二筒"睁圆了，一把抓住孔老师的衣领将他提起来，问："你是在河里钓的吗？"

"是啊！你说雄的我就钓的是雄的，我还特地筛选过，我知道史校长不要雌的。"

鬼老师手一松，孔老师重重地坐到了床上，鬼老师说："天！你这呆子！怎么就这样迂？即使你那天听错了，也不动脑子想一想，人家那些人会看上你这小小的鲫鱼？我那天说的雄鱼，我记得还特地给你提醒过是鳙鱼，是鳙鱼，你怎么就这样粗心呢？难怪你一辈子娶不上老婆哟。"

"哦，我还以为史校长肾虚严重，需要吃雄鱼。"

后来孔老师再去学校，不再问门卫了，径直就去办公室，坐在里面的椅上看报。史校长仍跟以往一样,给孔老师沏茶、递烟、点火,问一句,他答一句,不问,孔老师就不吱声。

渐渐地,史校长感觉办公室的空气有点紧张了,也不好直问孔老师"还有什么事"去下逐客令,于是就无话找话地说一阵。可孔老师不配合,不互动,仍很认真地看他的报纸。其实看什么孔老师自己都不明白,讲不出个子丑寅卯,只是把报纸拿到眼前遮遮眼睛而已,关键目的是磨时间,让史校长心烦。

可时间过得真快,不知不觉就到了吃午饭的时候,史校长出于客套便请孔老师去吃饭。孔老师说不了,他说和另外的老师有约。史校长一听,就知道孔老师所谓的另外有约不外乎就是鬼老师。

希望小学的教师中午吃饭是不花钱的。所谓不花钱,是指学校管饭,不管菜。菜吃好吃孬自己做,如果自己不想做,就去学生食堂打那缺盐少油的学生菜也行。

这天孔老师打完饭没去学生食堂打菜,他径直去了鬼老师的寝室。鬼老师见他来了,表现出了非常吃惊的样子。为什么鬼老师吃惊?其实鬼老师吃惊的不是孔老师又来学校,而是觉得孔老师做事太不动脑子:"你这次来是和史校长作对的,也就是来向史校长宣战的。但是你到学校来又毫无遮拦地直奔我寝室,这不明摆着是在向史校长说,是我在幕后支持你吗？如果史校长一旦这样认为，那我今后的麻烦事就多了。因为我还是在职，换句话说，还活在'老佛爷'的手掌心里。"

鬼老师总结二十年来的工作经验，凡是跟"老佛爷"作对的人，总的来说都没有好果子吃。那么既是如此，鬼老师为啥要给孔老师出主意跟史校长作对呢？其实也不叫作对，鬼老师只是叫孔老师脸皮厚一点，能达到目的当然好，实在不行也就算了。鬼老师看着孔老师很可怜，出于同情而已。

孔老师第二天去的时候，自己特地带了碗筷、咸菜。他也没去鬼老师那里，而是像上班一样径直去史校长的办公室看报。史校长以为昨天孔老师来办公室是询问那件事的，然后在办公室多待一会儿，正常。但今天又来，他就不懂了。史校长见孔老师一进办公室什么也没说，就径直坐在那木条椅上看报，像进他自己的办公室一样，一声不吭，史校长心里有点愤怒，又不好直说，只是一支接着一支地抽烟。开始史校长还递去一支烟，后来一支也不递了，先是想写一个材料，后来材料也写不下去了，想开电视看看新闻，又怕影响孔老师，后来干脆从自己办公室出去了。

以后孔老师再去的时候，史校长就再也没给孔老师沏茶、递烟了。史校长明白了孔老师的意图，他觉得孔老师既然迷恋校长办公室的报纸杂志，那他索性就把自己办公室的钥匙交给赵副校长，叫他每天在孔老师来之前就负责打开校长办公室，让孔老师进去看个够。

史校长另外找屋子办公去了。

一天，赵副校长笑眯眯地说："史校长，你看是不是可以考虑一下干脆就叫季老头让一下，让孔老师上吧。人家教书一辈子，没功劳也有苦劳，到老还是个代课教师，看他每天这样跑来跑去的，好像人都瘦一大圈了，真是可怜。当然首先声明，我不是在为孔老师说话，主要是考虑到怕他这样跑下去出个什么事就不好了……"

"出啥事？会出人命吗？如果他真这样死了，该我抵命，我二话不说，把肩头上这个吃饭的家伙割给他。问题是你看见没有？他在逼我，他在要挟我！意思就是：你不叫我上，我就天天来纠缠你，缠得你心烦，缠得你没法工作，缠得你一想起我就怕。这样他就达到目的了。一句话，就跟那小孩子要东西一样，你不给，他就往地上一躺，乱哭乱闹，这样你就给了。如果今后全校的教职工知道了，那我这校长怎么当？大家想要什么，校长不给，就学孔老师那一套。但是，话又说回来，即使你原来在学校干了四十年，但学校当时也是给了你报酬的，你也不是白在学校干……嗯，我知道，这学校有些'鬼'，这些'鬼'是唯恐天下不乱的。"

赵副校长说："我是怕他……反正光棍一条，想绝了就到上面去乱告，弄些麻烦。"

"怕啥？我身正不怕影子歪。"

其实史校长是有考虑的：孔老师和季老头，谁轻谁重史校长十分清楚，关键季老头是学校季会计的父亲。现在的单位会计，看起来也不是什么官，但却是相当于一个家庭的内当家，进进出出的经济账都要从内当家的手上过。所以就是家里少只蚊子、多只蚊子，内当家都是十分清楚的。

第二天，鬼老师一到学校就知道史校长对孔老师很不满意的事了。当然，他知道史校长不满意孔老师，这完全在他的意料之中，但是史校长还说了一句话，这话让鬼老师心里发怵："我知道，这学校有些'鬼'，这些'鬼'是唯恐天下不乱的。"这句话就要鬼老师的命了，这不明摆着把矛头指向他鬼老师吗？为别人的事，把麻烦弄到自己身上，划算吗？

鬼老师还没有评高级职称，他觉得自己的德、能、勤、绩都还不错，谈不上是最好的老师，但在全校的教师中，也能算中上吧——但自己觉得不错等于屁，关键是要领导觉得不错才是真的不错。因为评职称的德、能、勤、绩是软指标，像橡皮筋，弹性大，它不像学生的考试成绩那样易量化。如德，是指人内在的道德、品行、修养的意思。那么要评价一个人是否有德，当然可以通过人的"言""行"方式来体现，但由于时间、地域环境等因素的不同，道德标准就不同，所以怎样去量化？

再比如说能，也是指人内在的才干、本事、能力、能耐的意思。那么要评价一个人是否有能力，这个问题要说清楚又很难，因为首先要说用什么样的评判标准；其次看人的角度不同，看问题的方面及侧重点也就不尽相同，肯定就会有偏差和争议；再者，随着环境及时间的变化，所谓"能力"的衡量标准也是不一样的。

那么，争论得太多，单位的职称就不评定了吗？其实一样评定，怎样评定，那就全在领导的嘴上，领导说你行，你就行，即使你本来不行，也是行的。

鬼老师意识到这一点后，马上就想缓和与校长的关系，他不想把裂缝拉大，因为胳膊扭不过大腿。那么如何缓和？难道主动上门去求和？还是不闻不问，等校长找上门来再说？鬼老师认为，这都不对，叫俗，叫笨。其实鬼老师对这种问题的处理，早就积累了丰富的经验：一是投其所好，二是心照不宣。

这天，鬼老师原本到了学校，结果一听赵副校长如此说，一拍脑壳，马上调转摩托车车头又上街去买菜、买酒、买肉，他要请史校长吃午饭。史校长好酒，在这一点上与鬼老师是相通的——鬼老师也好酒。可鬼老师要请史校长吃午饭，用什么理由呢？就是不能明说，那么也得讲个原因吧。

鬼老师一拍脑壳，想了一个好理由：说他儿子月考成绩又提升了几名，故，值得祝贺。这样大大方方办了招待的同时还给对方了一些压力，把对方将住了。意思自己孩子月考升了名次都办了招待，那么你呢？你是校长，你总不能厚着脸皮来光知道吃吧，怎么说也要内心有所顾虑吧？所以鬼老师觉得这是一个好办法。

这天，鬼老师喝得脸红红的，走路都有点儿"飘"了。他一拐一拐地走去自己班上，给学生安排了自习，又一拐一拐地走去二楼史校长的办公室，他以为史校长在那里。可一进史校长办公室，发现孔老师坐在那里看报，他突然想起了什么似的，几步上前，一把将孔老师手上的报纸扯掉，拉起孔老师就往外拖，说："你还坐在这儿干啥？你这样会影响史校长办公的。"

孔老师吃惊了，眼睛发直地看着他，心想：到这来，不是你叫我到这来的吗？现在又说"这样会影响校长办公"？孔老师丈二和尚摸不着头脑地说："你干啥？"

鬼老师说："你别问，跟我走。别赖在这儿了，丢人现眼的，见好就收，到时我给你解释。"

孔老师更不懂了，两眼瞪着，惊诧地说："到这儿来，不是你叫我来的吗？"

孔老师声音很大，鬼老师朝门口一望，看外面还有人经过，见孔老师还要往下说的样子，鬼老师上前一步，伸手就去封孔老师的嘴。可谁知，用力过猛，啪的一下，相当于一个巴掌打在了孔老师的嘴上。

孔老师的嘴出血了，他吐了一口口水，见里面掺着血，就火了，吼道："你在干啥？喝不得马尿就少喝点！自己连点儿个性都没有！"

鬼老师愣住了，心里过意不去，他盯了孔老师好一阵，最后拉起孔老师的手去打自己的脸，说："对不起，对不起，我真该死，我真该死。"孔老师一看鬼老师那举止就想起电视里的和珅，恶心死了，抽出手说："喂！原来放鬼是你，现在收鬼也是你呀！"

鬼老师厚着脸皮嘿嘿地笑，一边去拍孔老师身上的灰尘，一边说："老孔，现在情况有变，你该回去了，算我求你吧。因为你这样弄得史校长很难做，想撵你吧，你是学校的功臣……你这样妨碍他的工作，史校长不是拿你没办法，是出于人与人之间的理解。但理解是有限度和底线的，懂吗？所以今天，我作为你多年的老朋友、老同事，再劝你一句，请你回去吧，也给自己今后留点回旋的余地。"

"哦，你被'招安'了是吗？"

"是。"鬼老师说罢，又瞪着孔老师说，"老兄，我给你明说，我不可能像你这样一根筋，懂不懂？走，回去了，我用摩托车送你一程。"

孔老师说："你走，我享受不起那个摩托车。"孔老师把椅上的东西收拾了一下，该夹的夹好，该挂的挂好，走出办公室，把门带上了。等鬼老师回过神来，赶忙下楼，却没看见孔老师的身影，他在操场边站着等了一会儿，孔老师下来了。鬼老师的手搭在孔老师的肩上，走了一段，再次劝孔老师回家。孔老师把鬼老师的手从肩上拿下，昂着头朝教师宿舍方向走去。鬼老师问："你去哪？那边你有住处吗？"

孔老师埋着头，穿着那双大皮鞋，一拖一拖地走，没有理睬鬼老师。鬼老师看着孔老师那历尽沧桑的身影，迈着沉重的步伐渐渐地离他远去，摇了摇头，说："狗日的，一根筋，江山易改，本性难移。"

鬼老师跨上摩托车，将摩托车发动起来，摩托车发动机声轰然响起，鬼老师向前方狠狠地按了几下喇叭，但孔老师还是没有扭过头来。

孔老师住进了自己学生的寝室。孔老师这学生现在也是学校老师，看到孔老师风里来雨里去的，十分可怜，想找点事干，居然这么难，于是就主动给老师说，他家就在学校附近，自己可回家去住。孔老师说："你不怕我连累你吗？"学生说："老师，我怕啥，当初我本不来这学校的，还是史校长死皮赖脸把我挖来的，惹火我，我调走就是。"孔老师笑了，却比哭还难看，他拉着学生的手，双手颤抖着说："老师羡慕你呀！"

孔老师住进了学校，教师们很清楚地记得，从第二周的周一开始，孔老师就没去食堂打饭了，也没去史校长办公室看报。一天，史校长特别高兴，问鬼老师："孔老师怎么不来了？"鬼老师嘿嘿一笑："史校长，你想想，我是哪个人的下属嘛！"史校长一听，乐了，向鬼老师竖起了大拇指。史校长从兜里掏出烟，一抖，从烟盒中抖出一支烟，然后抽出来，递给鬼老师，还亲自给鬼老师点上了火。鬼老师深吸一口，一股浓烟如蘑菇一般从鬼老师头上升起，然后鬼老师醉了似的睁开眼，一看烟的牌子："天哪，黄鹤楼，二三十元一包吧？"史校长嘴一瘪："哼，亏你说得出这么个劣价就给我的烟评估了。告诉你吧，六十元你都只说对了一半。"

"啊？"

鬼老师伸手放到了史校长的胸前，中指和食指就故意地动："好校长，让我再腐败一下吧！"

"什么意思？"

"我说您再给我一支吧！"

史校长的脸拉长了，把烟藏到身后："你这人就是这想法，八成又以为老子是在吃学校了。告诉你吧，这烟是我给人帮了个忙，人家给我的。"

鬼老师嘿嘿地笑起来，一巴掌打在自己的脸上，说："哎，史校长，对不起，对不起，大人莫记小人过。我这人就是这点，您说的，油惯了，油惯了……但我是刀子嘴豆腐心。"

史校长笑了，手从背后把烟盒又拿出来，抖了两下，一支烟冒了出来。鬼老师马上伸出兰花指，笑着把烟嘴捏住，慢慢抽了出来，他将烟拿到鼻子下闻一下，才小心翼翼地放进了自己的口袋。鬼老师说："晴带雨伞，饱带饥粮嘛。这是我们老祖先说的，我记得清楚呢。"可鬼老师内心却说：哼，以为我不知道，身上长期都带着这种烟，怕是你也帮不了别人那么多的忙。

这时在一旁干活的炊事员老谢走来说："好像孔老师在那边易老师的床上睡着呢！"史校长一听："睡着？几天了？"史校长马上从另一个口袋中拿出一包价值十元的"朝天门"烟，抽出一支递给老谢。老谢伸出双手来接，说："可能有四五天了吧。"

"四五天？"史校长打了个寒战，用眼睛把鬼老师剜了一眼，扭头便走。

史校长走到教师宿舍楼，推开易老师的寝室门，满屋的酒味儿，床上果然有人。史校长瞪着鬼老师，很不满意的样子，下巴一指，命令他把被子揭开。鬼老师看了一眼史校长，马上心领神会，便去床头的墙上到处摸。史校长不耐烦地说："你摸啥？"鬼老师说："我在找电灯开关。"史校长一伸手，啪的一声，灯就亮了。"用得着你到处摸？装吧你。"

鬼老师说："人年轻是不同嘛，眼睛好使啊！"史校板起脸，说："咦，你真是好老！"

鬼老师说："嘿嘿，不好意思，校长大人，我要比你痴长两岁，就两岁，嘿嘿，不好意思。"说完，鬼老师去开玻璃窗了。

这时，炊事员老谢进来了。鬼老师喜出望外地笑起来，伸手做个"车靠边"的交警手势，意思叫老谢去揭床上的被子。老谢望着鬼老师憨然一笑，意思是：你耍滑头吧。老谢话没说出口，伸手就把被子揭开了。

孔老师像狗一样蜷缩在被窝里，一动也不动。老谢朝他肩头拍一下，说："孔老师，史校长来看你了，你生病了？"

孔老师没吱声。

史校长又问，孔老师还是没吱声。

后来老谢去摇，摇也不吱声。

史校长说："你摸一下他的脉吧。"

老谢果然拉过孔老师的手像医生那样用指头把住孔老师的腕部。这时屋里空气是凝固的，似乎一根针掉到地上都能听见。大家盯着老谢的手。目光在老谢的手与嘴之间上下地移，害怕老谢说孔老师没脉搏了，如果是这样，那史校长就完了。史校长知道孔老师有个弟弟，别看孔老师活着的时候他弟不管他，可一旦孔老师死了，他弟就会毫不犹豫站出来说话，要求学校赔偿，要求处理校长。这种事，目前社会上的"医闹""学闹"是很突出的。这时史校长内心叫苦不迭，默默为孔老师祈祷，祈求上天保佑孔老师一切平安。

这时老谢突然吼了一声："嘿！孔老师还没死！"

史校长被吓一大跳，要是平时，准批评老谢是不是精神病又发了，但这天史校长不但没批评，相反还觉得老谢比鬼老师好，至少老谢比鬼老师忠诚老实。后来史校长的脸渐渐有血色了。

这时赵副校长也来了，就建议说："史校长，孔老师家又没人，有个兄弟，兄弟也不管他，不如……"

史校长懂赵副校长说的"不如……"的意思。史校长脸一黑，生气地说："你懂个屁，快！快！快叫车子，把他送回家去！"

　　孔老师回到板桥村那"山高路不平，下雨怕出门"的家里，就生病了。先是咳得厉害，烟酒不能沾，他还以为是自己多年吸粉笔灰引起的硅肺病又犯了。可谁知，几天过去了，不但不见好反而还越来越严重了，甚至咳出了血。先是痰里带血，他以为肺上或是哪儿有点火，去山上找点退火的草药吃就会好。但是后来，他咳得更厉害，一阵撕心裂肺的咳，每次吐到地上的血也有一大摊了。孔老师紧张起来，因为身体在一天一天地消瘦，食欲也在锐减，什么东西也不想吃。

　　孔老师怕了，但又没钱去医院。一天，孔老师坐在草屋前的石阶上晒太阳，一边用手按住胸膛撕心裂肺地咳，一边给金刚抓虱子："你乖点嘛……你又要做啥子嘛！"

　　张寡妇这天在院子晒柴，一边摆放柴火，一边说："孔老师，我早就给你说，你几十年都没跟人争过，你现在何必去争个你强我弱呢？你争不赢的。你就去我弟弟那里守仓库吧，那活儿八十岁的老人都能干，难道你不能干吗？人家包吃包住还发一千元，比你学校当那守门人的待遇好。"

　　孔老师一声不吭，依然用细棍似的手在刨着狗背上的毛。那狗也乖，把嘴放在孔老师的大腿上，眼睛眯成一条缝儿，时不时地眨一下，温驯得很。以前孔老师身体好的时候，每周还给金刚洗澡，洗完孔老师还会说："来，亲一个。"金刚就真和孔老师脸挨脸地亲。有时孔老师说："喂，去店上打斤酒回来。"那狗就把孔老师写好的字条和钱用嘴衔去，一会儿就回来了。有时孔老师也叫狗上街去买肉，也是同样的方法，把钱衔去，再把肉衔回来。

一天，狂风怒吼，淅淅沥沥的中雨下个不停。张寡妇听到孔老师咳嗽声不断，吐得哇哇的，好像雨声中还伴随着呜呜的哭声。张寡妇的心颤动了，她推门进去看他，孔老师躺在床上起不来了，面色苍白，身体消瘦。见张寡妇来了，孔老师微微欠身，说："张妹子，你坐吧。"张寡妇一看凳子、椅子、桌子到处布满灰尘，像撒了一层薄薄的面粉，哪里肯坐呢。再看桌上的碗，不知是哪天吃剩了的菜，在碗里都干得发白了，电饭煲里半锅饭只舀了一个坑，锅里剩下的饭也发霉了。张寡妇嘴巴一撇，走了，心里说：一辈子犟，这下要犟完了。

第二天，张寡妇便跑去村主任那里说了孔老师的情况，请村主任找几个劳力，就当做好事，把孔老师抬去医院。张寡妇说，要是近，她找两个妇女都不来麻烦村主任了，可是太远了，山路又难走。

村主任一听心也软了，就去村里找人，于是长声吆喝了几个坡、几条沟，声音在山谷里飘过来荡过去的，可就是没人应。其实这也不怪大家无情，只是山里的男人都外出打工去了，偌大的农家院往往只剩下干不得活儿的老人和小孩，没人能抬动孔老师啊！

难道真该死了吗？张寡妇不相信一个大活人会被尿憋死，她就将了村主任一军："你是村主任，难道见死不救吗？"村主任思来想去没法子，就把自己的躺椅端出来绑成滑竿，准备去抬孔老师。可等他们赶到孔老师家后，万万没想到孔老师不肯就医，他将头枕在自己的臂弯里，闭着眼，手死死地抓住床架不放。

"你不去医院，为啥？"孔老师说："我的病我知道，没救了，救了也是白救，还欠个人情，我这辈子不想欠谁的情。"张寡妇说："现在科学这么发达，你连自己是个什么病都不知道就死了，不觉得太冤吗？"孔老师说："不冤，感谢还来不及呢，这样活着不如死了好，只想来个痛快的。"张寡妇当然知道，孔老师这纯粹是在死撑，他没钱，也不肯向人借。张寡妇说："我有钱，你去医好以后就去我弟那里挣钱还我，有人才有钱啊！"说完，张寡妇就去扳孔老师那抓住床架的手。

孔老师发火了，眼睛红了，像牛似的，脖上青筋鼓起筷子头般粗，吼起来："我不去，我哪里也不去，难道我寻死都碍谁的眼了？！"

"呜——"孔老师哭了。

张寡妇松开手，转过身去，衣袖就在眼睛上一左一右地抹着。

村主任把张寡妇拍去一边，悄悄问："你到底和他是啥关系哟？"

"他？他死了都不关我事！别说一个，死十个，也不关老娘的事！"

……

史校长这天很高兴，因为县里这次召开教育工作会，分管教育的牛副县长在大会上说，他一路上认识的老师很多，但真正令他最敬佩，而且直接影响他一生的老师却只有一个，名字叫孔垂范，现住巴掌镇的板桥村，原是板桥村希望小学的教师。他四十年如一日，一生爱岗敬业，爱护学生，无私奉献，直到退休都还只是个代课老师，却无怨无悔。牛副县长最后号召全县教育系统教职工要向孔垂范老师学习，学习他认真工作、不计个人得失的奉献精神。

台下的史校长很兴奋，没想到原来分管教育的牛副县长居然是孔老师的学生，都当县长了，还记得老师，真了不起。过了一会儿，史校长突然感到不安了。因为他对孔老师的态度，他自己做的事自己清楚。史校长怕万一孔老师知道他的学生当上了副县长，而且分管教育了，去告自己的状，那自己这些年的苦苦铺垫和经营，岂不是白搭了吗？

史校长越想越害怕，回校后，本可派人去孔老师家看望的，不行了，绝对不行了，得自己亲自去才能显出诚意。

史校长翻山越岭过去一看，没想到孔老师的病情如此严重，要是孔老师死了，也就是全县教师的光辉榜样死了，那他就完了。为什么会这样？非常时期得采取非常行动，史校长马上打120，又通知学校中层以上干部尽快到孔老师家，抬不动的，背点生活用品也是可以的。

孔老师闭着眼，死死抓住床架不松手。随你什么人做工作，他都不听，一句话："就想死，难道死都不同意吗？"可史校长会让他死吗？想得美！史校长一个手指挠痒的动作，眼睛一眨，示意大家扳开孔老师的手。史校长真不愧是校长，脑子灵光。孔老师的脚心、腋窝、小肚子被大家七手八脚伸手去挠得奇痒。孔老师这个不骂人的人都在内心骂了一句很脏的话，被这帮执行"公务"的人从床板上拉了起来。大家一下把他抬了起来，按进村主任早准备好的躺椅上，抬起就走。尽管孔老师一路挣扎，但帮忙的人拉手的拉手，抬脚的抬脚，劝说的劝说，一个小时后，孔老师终于被抬到了公路边，120的车早在那里闪着灯等着了。

进了县医院，孔老师仍然拒绝治疗，多次拔掉输液管。

后来史校长又去请心理医生，给孔老师治心理上的疾病。

孔老师患的是肺结核。肺结核过去是要人性命的，许多名人都因此病丧失生命，如波兰著名作曲家肖邦，俄国批判现实主义作家契诃夫，美国哲学家、诗人梭罗，英国诗人雪莱——尽管他曾向世人呼喊"冬天来了，春天还会远吗"，但自己却未能看到人类战胜肺结核的春天。

孔老师不是名人，他却看到人类战胜肺结核的春天了。他住了几天院咳血止住了，医生就叫他出院了。医生说："为了巩固和恢复身体，你出院后大概还需服半年的药才能痊愈。"孔老师说："好。"服药后，孔老师感觉不错，咳嗽、胸痛、发热都没了，吃饭也不成问题，体重也增加了，走路也有了力气。但就是服药后心里特别难受，猫抓一样，慌慌的，寡寡的，特别想吃肉。这一点，孔老师又赶上春天了，现在中国有的是肉，人们都在怨自己摄入的肉太多，都在想方设法减肥呢。就是说，你孔老师天天吃、顿顿吃、时时吃，只要你有钱，市场上有的是肉。

孔老师也有钱了，多的说不上，余款两三千是有的，这填补了他四十年来从没有过银行存款的空白。这是怎么回事？进医院、筹款、安排人护理，一切都是史校长张罗的，孔老师在医院里什么都不知道。

那天，史校长塞了一大把钱给孔老师，说是医院没花完退的。孔老师被弄糊涂了，问史校长："这钱是怎么回事？"史校长说，是他向世界卫生组织提出申请，肺结核患者可获得治疗金，在医院没用完节省下来的，他又向县民政局为孔老师申请了一份困难补助金。

孔老师感动极了，他没想到自己患了病一分没花反而还收到一笔钱。

孔老师病好后，不，准确地说，是后来服药期间，孔老师特地去学校，提了几斤雄鱼，也就是真正的鳙鱼，这次没搞错，作为土特产给史校长送去。史校长非常高兴，一边沏茶、发烟，一边以特大喜讯的形式给孔老师报喜说："经学校行政会议研究决定，孔老师，您已经被学校正式招聘为守门人了，祝贺您。"

孔老师笑着说："年龄不是问题了？"

史校长说："不是问题了。"

时间过得很快，好像没聊多久，孔老师见时间不早，便站起来告辞，说他还要回家去准备一下，明天就来上班。可史校长哪里就肯让孔老师这样走呢？史校长说："回家没问题，但必须吃了午饭才能走，学校要为您老人家接个风。"孔老师一听"接风"，身子不禁一颤。因为四十年来，在孔老师的字典里，"接风"二字，一直是重要人物的专利，怎么会把"接风"用到他头上呢，这岂不是太阳从西边出来了吗？

　　学校为孔老师接风，规格还较高，不是在学校灶上随随便便叫炊事员弄几个菜，而是坐的小车去县城，史校长坐在后排左边亲自陪着，请孔老师坐在旁边的位置，其他副校长及中层干部坐另一辆大车，跟在其后。但是当孔老师坐到县城方向和家的方向的十字路口时，他请师傅停车，然后下车了。史校长问他，是上厕所吗？孔老师说："不，你们走吧，我要等等我的金刚。"

　　"现在请我吃饭？哼——"孔老师牵着金刚离开公路，走向回家的方向。

「嫂子」

　　"嫂子"这个名儿，是她师范学校那帮不知天高地厚的"哥们儿"给她起的绰号。当时她们寝室住有五个女生，每个女生都有一个不同凡响的外号。比如姓刘的被起为"刘德华"，姓黄的为"黄安"，姓毛的为"毛宁"。个儿高的"静"自以为拥有"史泰龙"一样的结实臂膀，能够让"渝"拥有安全感，所以自然就做了个儿矮小的"渝"的"老公"，"渝"理所当然做了众位的"嫂子"。

　　"嫂子"今年二十二岁。电话铃响了，打破了室内的沉静。"嫂子"跳过去，抓起了话筒，说："喂！"她呼吸急促地喊着，但马上又失望了，说："你打错了。"

　　"嫂子"再也静不下来，因为那个打错电话而寻找她人的声音在刺激着她，对她是个莫大的挑逗，就像一束月光忽隐忽现地透进了地下的牢房一般，囚犯看到了刹那间的光明，激起了越狱逃跑的渴望。

有了这种渴望，"嫂子"相信电话能沟通她和同学间的心灵，相信同学能救她，相信同学间的友谊近似亲情。她觉得这种亲情和兄弟的感情一样，但有些话宁愿跟同学讲，也不愿给父母讲。即使和父母讲了，也只能在千头万绪中加上一条莫名的顾虑，更增加了摇头和叹息。

令"嫂子"为难的是，她父母对她的婚事管得太过分。"嫂子"不喜欢那"闷生"。"嫂子"喜欢蓝色，属于浪漫的那种。说起"闷生"，"嫂子"为此发了一串的牢骚，他不善言辞，半天不吭一声。现在的社会，很难用老实来坚持下去了，而且那"闷生"走路的姿势像鸭婆一样，一瘸一拐的，真的得罪观众。

那天去看人，是在媒人家。媒人是铜桥小学的一位教师，是"嫂子"弟弟的班主任老师。这天是个星期天，"嫂子"去的时候，那"闷生"早已到了，窝在沙发上看报纸。媒人将他们的见面情景导演成大家偶然碰面的样子，对"嫂子"和"嫂子"的老娘说："这是小陈，在镇中学教书。"小陈拿开报纸，龇牙一笑，又一本正经地看他的报纸。"嫂子"和媒人在茶几这边嗑着瓜子、吃着水果，有说有笑地说着弟弟的在校表现。媒人叫小陈过来嗑瓜子吃糖，他只说了句"你们吃吧"，眼睛就又落在了报纸上，好像饥饿馋鬼一样啃着"精神食粮"。一会儿，"嫂子"她们千叮咛万嘱咐，请老师管好弟弟，辞别了。

当"嫂子"和老娘走到房屋侧边，媒人就追来悄悄问"嫂子"看过后觉得如何。其实"嫂子"只看了"闷生"一眼，晓得那沙发上是窝着一个年轻人，在看报，穿的西装，留的平头，其他什么印象也没有，因为他一直在看报，报纸挡住了"嫂子"的视线。"嫂子"嘻嘻一笑，怪不好意思地说："晓不得。"这时"嫂子"的老娘一下接过话题说："可以，人老老实实，也不多言不多语的。"媒人转头去就对"闷生"说："女方同意了，就等约个时间'看家'。"

"看家"是"嫂子"的老娘和姊姊去完成的，她们假装走亲戚，从"闷生"的老家屋子侧面路过，借故去屋里要口水喝，当然媒人也去了。"闷生"是单家独户，在一座山的半腰，瓦房五间，石木结构，宽院坝，铺石板。看了之后，媒人又问"嫂子"的老娘如何，"嫂子"的老娘说："房屋很好。房屋好，若教书下岗，回老家还有个遮风挡雨的地方。他们这坝子宽大，晒点粮食铺得开，离屋又近，不怕人糟蹋。渝妹子自幼读书，力气小，身子单薄，落个这样肃静的人家也算是她的福气。只是这里偏僻，山高路远，赶场不方便。不过现在也无大碍，山里运东西都时兴用马驮了，说不准在这大山里住还好些呢。"

看人、看家、订婚、结婚是昌州农村恋爱风俗的四部曲。尽管"嫂子"已考上学，脱离了农村，但仍没有脱离这旧俗，不过现在她老娘已为她操办了前三部。"嫂子"当时在师范学校读书什么也不知。为这事，"嫂子"大为不满，想闹一场，可又想到这么多年父母的养育、兄嫂的偏爱，不忍伤他们。

"嫂子"被分配到了石凳小学。一天，媒人和"闷生"到"嫂子"的学校来玩。"嫂子"看着媒人来了，忙得不可开交去做吃的，而"闷生"则坐在办公桌边看书，一直没有起来，像是专程来看书的。媒人看"嫂子"一个人忙，便主动去帮她择菜洗碗。"嫂子"当时很不愉快，几次启发他说话，但他还是龇牙一笑了事。

相比起来，"嫂子"特别喜欢她们学校的教导主任"傲哥"。"傲哥"是个无拘无束、潇洒风流的帅小伙。"嫂子"觉得拥有这样的男人才够味儿。

"嫂子"用她那纤细的手指再一次拨了个电话号码，拨动得十分迅速。对方的铃声响了之后，她的心又不由得怦怦直跳了。

接电话的是个小女孩，"嫂子"知道这女孩子叫什么名字。女孩对她说："阿姨，我听出你的声音了。我妈妈不在，等会儿我叫我妈妈给你打电话来。拜拜！"

挂上电话，"嫂子"呆住了。小女孩的声音还在她的脑海里回响，令她十分不安，她感到有点凄怆难耐。现在社会什么都快速化了，连爱情也是。不可思议的是毕业那夜海誓山盟，说要寻到知心爱人，二十八岁时同去哈尔滨旅游结婚，可是……

电话是打给"毛宁"的，她是班上最单纯的一个。"毛宁"被分配出去的时候，一周就结了婚。她的丈夫是个油库的会计，会计和站长的关系亲如弟兄。她丈夫什么都差，就是不差钱和金卡。会计当时买了套新房子，别墅式样，价值不是工薪阶层可以动脑思考的。迁居那天，他们站长对"毛宁"说："小毛，如果你爽快的话，今晚就和我兄弟结婚，我保证你俩去昆明'世博会'旅游一圈，飞去飞来，一切费用全给你们报销。""毛宁"说："说话算数？"站长说："当然喽，悔了为踩着爬（指乌龟王八）的。""毛宁"当众就和站长拉了钩。

为"闷生"的事，"嫂子"征求过"毛宁"的意见。"毛宁"说只要他兜中有钱，男人都一个味儿。多么直接，"嫂子"气得要死，说侏儒有钱，也一样吗？"毛宁"说："这个嘛，是可以考虑的。"

......

"喂？'毛宁'，这段时间，我吃饭不香，睡不着觉，老是做梦，恐怕有负嘱托了（一年三百六十五天，天天吃，天天长，长成我心中心宽体胖的'嫂子'——这是同学留言簿上给她的千言万语中的一句）。这梦，跟躺在学校床上做的梦不一样呀！"

"'嫂子'，我老早就给你说了，人无所谓好坏，这是老庄哲学，关键是看你站在什么角度了。喂，你不要老想那个'傲哥'，何必嘛，天涯何处无芳草，何必单恋一根葱，难道天下的好男人都死绝了？"

"我做不到呀，不知前世欠了他什么哟！"

"他有哪点值得你这样痴心的嘛，真是莫名其妙！喂，你空了到我这来散散心。我这会儿在玩'炸金花'，手气好得很呢，赢了八九百了，她们还在等我，时间拖长了不好，怕人家说我'扯蒜苗儿'。好，对不起，我挂电话了，拜拜。"

以前"毛宁"话最多，多得一天都没完没了。而现在，听筒里只有"嘟——嘟——"的忙音了。"嫂子"拿着听筒看了很久还不愿放下，对着话筒唉声叹气。"嫂子"又给中师的老师拨通电话，对老师说她在学院三年，如云里雾里，蒙头大睡，梦想将来锦绣河山、阳光灿烂，没想到，一踏出校门，如梦方醒，感到一切都太错乱了……

老师，我特别喜欢那"傲哥"呀，第一眼见了他，我就来电了。才被分配出来的时候，记得那天校长叫我去给三年级的学生报名。报名时，一下拥来了很多学生和家长，都争先恐后地递钱给我，要求先给自己的孩子报名。为防假钞，我把钞票上的号码记下来，但在填写收据的时候，大写"柒"字把我蒙住了，我硬是反应不出来怎么写了。此时就听到有家长在后面议论我，说上面分些孬老师来，连"柒"字都不会写的人还来教书？简直是误人子弟！当时就有几个家长挤拢来要我退他们的钱，说要让自己的孩子到别处去读。那凶样，谁见了都胆怯。我着急了，站起来说："阿姨叔叔，请你们不要把孩子带走。相信我，没错的，我能把你们的子女教好，真的，相信我，给我一学期的时间看看。"

"教好？哈哈哈哈！连'柒'字都写不出的人，能教什么好！走！到别处去。"

当时我真的气哭了，伏在桌上像一只缩头乌龟似的。

这时教导主任"傲哥"走来了，说："一个'柒'

字一时忘记不会写了，有什么大不了？谁都有忘性大的时候，就是编写字典的人，也有出错的。你们就以为教师是神仙吗，无所不通？"家长们不开腔了，眼巴巴地看着"傲哥"。嘴硬真能抵三个拳头。这时候那些家长又蔫蔫地自愿把子女带回来报名了，还对我说些奉承话，真是不可思议。这样又使我犹如云里飞、雾中行了。我觉得"傲哥"可爱极了，是我心中真正的白马王子。他高个儿，戴眼镜，斯文，有味儿，勤奋好学，知识面宽，教学能力和领导能力都非常出色。校长讲话有时还接不上气儿，忘了这，忘了那的，"傲哥"不像那样，做报告时面前没有一纸一笔，都装在脑里，哗哗哗往外倾似的讲。与"闷生"相比，我给"傲哥"打一百分，给"闷生"打四十分，就这样还觉得水分十足。

那天"老公"来我这里玩，我的床太窄，我对"傲哥"要求和他换换房睡。"傲哥"瞪大眼睛望着我哈哈大笑起来说："什么意思？"我说："没什么意思，只是你的床宽，我的床窄，两个人睡太挤了，所以我们商量和你换一换，暂定换一夜。""哈哈哈哈，好好好、好好好，只要你

们不怕脏乱差的话，我是巴不得哟。"我猜想他
在我的床上一定难以入睡，因为我在床上和墙上
喷了很多香水，香气会钻进他的每个肺泡，我是
故意的。那夜我和"老公"在"傲哥"的寝室里，
什么都不稀奇，只有他那台电脑激发了我们的兴
趣。我原以为他设有密码，谁知打开电脑的时候，
很顺利地进入了系统，原来他所有文件都没有加
密。我们还打开里面的"公文包"偷看了他几则
生活笔记，把我和"老公"笑得前仰后合，开心
得要死。

"'傲哥'，你好！我来石凳小学不知不觉
已有一个月了，我很欣赏你。思前想后，我鼓足
了十二分的勇气想对你说一句：我们做个'知心
朋友'吧！"

这封信是我夹在一本书里给"傲哥"送去的。
送去的那个星期天，"傲哥"邀我进城去北山公园，
当时我通知"老公"和我一起去了。"老公"说："你
叫我去当灯泡吗？"我说："是呀，你以后要朋
友我也来当灯泡嘛。"她说："OK！"我们在北
山游乐场坐小飞机、坐碰碰车、滑滑板，惊叫着，
笑着，高兴得没完，快乐极了。

以后我们每周都去游山玩水，每次都去一个不同的景点，疯疯癫癫，玩得乐不思蜀。

　　"傲哥"的身体不太好，一身骨头架子，电线杆一样。特别是那无框眼镜架在鼻梁上，越发显得脸小了。我准备将自己七至九月的补发工资给父母寄去，尽一份孝心。可是我的主意突然改变了，想到父母根本就不缺钱花，早一点晚一点也无所谓，便准备给"傲哥"置办点穿的，买点补品，希望他的身体能尽快强壮起来。那天，我约"傲哥"上街，准备给他买点衣服和补品，他却始终不去，说要给学生补课。我又怕自作主张给他买衣服，他穿起来不合身。最后决定，去给他买两种营养品。那晚我做了一个美梦："傲哥"抱着我使劲儿旋转，我使劲儿地笑，他说他会永远陪我到天涯海角……我从梦中醒来时，哎呀，不好意思极了。

　　我是自己开伙的，中午在伙食团蒸饭，自己炒菜，我总觉得伙食团那大众菜缺盐少油。我希望"傲哥"能和我一起开伙，可是他始终不答应。后来，我也决定去吃伙食团，和那些单身职工一起吃。那些单身职工吃饭时，都喜欢把饭菜端到"傲哥"的寝室去，大家有说有笑，开心得像过年一样。
"傲哥"在高谈阔论的时候，只要我一搭腔，他
就闭口不谈或者撇了头转移话题。我觉得有点不
对劲儿，我发现他变了，难不成我什么事做错了？
是有人在暗中说我的坏话？还是因为有"闷生"
的存在？

那天"傲哥""老公"和我游湖的时候，到
了湖心岛上，我们三人都跑向草丛，躺在草丛上，
看着蓝天、白云和飞鸟，听着松林中鸟的叫声和
湖面的喧哗声。我对"傲哥"说了我和"闷生"
的情况——其实我是醉翁之意不在酒，意在告诉
他我与"闷生"没戏，希望他有所表示。他说没
什么，我也能理解。

我给"刘德华""老公""黄安"和"毛宁"
都拨去了电话，说我坚决要和"闷生"吹了。她
们都说："别冲动，冷静一点，我们大家出套题
帮你去考考他再说。"

教师节那天放假，我们几个同学奇迹般聚齐
了，我们伙同"闷生"去游湖。当时是骑自行车
去的，想找回学生时代的洒脱。我背了很大一个
包袱，里面装着几个人的乐器——小提琴、吉他、

笛子、口琴……还有画板、颜料、干粮、矿泉水……
她们都故意让我一人背。我一个女娃娃骑单车，
背着一个大包袱，天又那么热，汗流浃背的，这
一个女娃哪能忍受得住啊！这不明显是一个测试
嘛，为的是看"闷生"的表现嘛！但他骑车在前，
宁愿下车来推着走，干巴巴等我们，都没提一句
帮我背一下的话，还一副绅士做派。

　　预约这次行动的时候，我给"闷生"说："我
们大家都穿学生服去，搞成拉练的样子。"可是
他并没有听我的，仍然穿西服，还一手轻轻捏着
西服的下摆，龇牙笑着，一副绅士样，好似我老
爸一样，与我们这群穿着学生服的女生格格不入。
唉，气人。

　　到达西湖，大家都很饿了，我们早就敲定，
吃了饭再去湖里划船。走进馆子，他也坐下来，
我们都在叽叽喳喳地说着路上的所见所闻，只有
他一句话也没说，树桩一样立在那里，只是大口
大口地喝他的矿泉水，菜也不去点，老爷似的坐
着。散席的时候，我们故意不去结账，坐在那里
聊天，看他有什么反应。结果他反而站起来走开，
到餐馆外的大坝看西湖的风光去了。真的气死人，

木头人一个。

我们划着船向湖心岛方向驶，我和"黄安"故意在船上疯打。"黄安"伸手挠我的痒痒，我身子一仰，一个不小心就翻进湖里去了。大家都惊叫着，赶忙扔救生圈给我。"闷生"却在船头上稳如泰山地坐着，看着水中挣扎的我，龇牙笑着，说："你们别惊慌，她说她会凫水的。"听到"闷生"这句话，简直把我肺都气炸了，没情调！最后"评委"们给他记了一个大大的"鹅蛋"。

"闷生"的爸满五十岁生日那天，下午放学后，"闷生"特地骑了摩托车来我们学校，他说他有几个同学要见见我。看着他那诚恳的样子，我当时很为难，想到"傲哥"在楼下一定是看见"闷生"来的，所以我当然是不可能跟着他去他家的。

我不能去，但要找个理由。难怪有人说，天下的女人，都会找理由，我也相信这句话了。于是我换了衣服，背上小包，故意从"傲哥"门前经过，看见他后，干咳了一声，笑着眨了眨眼睛，想逗他一下。"傲哥"在桌边看书，给了我一个勉强的笑。我的心咚的一声，心想，"傲哥"一定是吃醋了。

坐在"闷生"的摩托车上，到街上的时候，我突然说："哎呀，我安排了下午给学生补课的，要到六点钟还没有放学生，学生又不敢离校，天黑了怎么办？我得回去。""闷生"这下开口了，说："我送你回去吧，摩托车快。"我说："你不用管，你去照顾你的同学。我打个摩的回去，时间要是早，我就再过来。晚了，你们就别等我了。"结果他们苦等了我三个多小时。"闷生"的母亲第二天来我们学校，对我说："我小陈有哪些地方对不起你的，请你尽管对我说好了，我回去好好教育他就是。"我说："其实没什么，他挺好的，只是我不好。"

　　"闷生"的母亲来，我不留她吃饭觉得的确不妥，我去她家，她把我当宝贝，端茶做饭。待人接物，人之常情，请吃顿饭吧，是应该的。我把"闷生"母亲没吃的糖果给"傲哥"他们端去，心想他们一定会高兴得乐不可支。见了糖果，果然，都一下围过来抓，有的就在笑我，吃喜糖喽！我说不是，是"闷生"的母亲来兴师问罪，我招待她的，没吃完。"傲哥"在桌前看书，无动于衷。我怕人家三两下抓吃光了，就马上把花生瓜子各抓了些给他捧去。他在藤椅上抬头望着我，不认识似的，把眼镜故意往鼻翼上推一下。我说他故意，是因为我知道他没有推眼镜的习惯，这是千真万确的，而且当时推的动作还非常慢。半天，他才尴尬地盯着我说："谢谢谢谢，谢谢谢谢——"连说了四声谢谢，特别是最后那个谢谢，音拖得特别长，好像在说，你说了等我三年的（这里我要插一句，我在伙食团去搭伙吃饭的时候，发现他对我冷淡，我找了个时间，我们谈了谈，他说他这两年还不想交女朋友，要读书，怕分心。我说你已经交了，我愿意等你，而且还可以多等一年。他说行嘛，只要你愿意等。我说，当然。我们伸手拉了钩）。

我和"闷生"的母亲吃完中午饭，还剩有一些鸡鸭鱼肉之类的菜，我一股脑儿地端去底楼李老师家热好，心想晚上邀请"傲哥"一起吃，顺便给他通报通报"闷生"那边的情况。李老师也说这个办法好。

一会儿，"傲哥"果真跑进李老师的厨房去看，我一听脚步声就知道是他来了。于是我放下锅铲故意闪到门后，哇的一声，吓了他一大跳。这时，他的脸色一下晴转阴，拉下脸说："你也在这里哟？李老师呢？"我说李老师去伙食团洗菜去了。他回转身就走。吃饭的时候，李老师去叫他，门锁死了，问他的哥儿们，哥儿们说："有电话来，他出去了。"学校的电话，底楼有分机，就在李老师的隔壁，电话根本就没响。"傲哥"绝对是撒谎的，他为什么要撒谎呢，难道真的滚进醋缸了？

事后我一打听，他是去对门坳上的小餐馆吃面条了。那晚我没胃口，吃了一丁点儿就放下了碗。我跑上楼去睡觉，眼泪禁不住地顺脸颊冷冰冰地流下来……我打开录音机反复地放着那首歌："虽然我俩相见无几时，可我已经深深地爱上你；我的身边如果没有你，生活就会毫无意义……我的身边只能有你，往日的回忆多么甜蜜，啊！为了你……"老师，请您告诉我，我该怎么办呢？要怎样做，才能不想，不！要怎样做，才能得到他呢？

无须再打电话了，因为获得的结果都是千篇一律："我改天再给你打电话来吧。"可是谁也没有履行自己的诺言。医生总是对"嫂子"说："你不能孤独了，应该彻底放松自己，走入人群……"

"嫂子"想出去呼吸点新鲜空气。她换上了露腰衣服、健美裤，穿上高跟鞋，戴上耳环项链，描了眼线，涂了口红，让自己尽量性感起来。一看镜中的自己，眼角已被岁月刻有深深的鱼尾纹，再一细看，头顶数根亮丽的白发更使她感到吃惊。不过那耸立的胸脯仍是那么饱满而富有弹性。她决心要好好利用这一资源去征服男人，让他们有种感觉，见了她就来电。她悔恨自己当初因为自己是老师，还故意用布带把胸部束了起来，这让她失去了多少谈恋爱的机会啊！

"嫂子"从楼上下来，一眼看见"傲哥"寝室的门，脑子就莫名地晕了，因为那屋里有另外一个女生。"傲哥"没有实现自己的承诺，他和另外的女生好上了，那女生不是别人，正是"嫂子"的铁哥儿们"老公"。没想到"嫂子"一直被蒙在鼓里，原来"老公"和"傲哥"早都搞起了"地下工作"。

那次"傲哥"请拜年客，星期六吃晚饭，同学们坐了三桌。"嫂子"俨然成一个女主人，围了围裙去帮厨，洗菜择菜，切菜炒菜，跑前跑后。伙食团的排水道年久失修，废水排不干净，这天的厨房淹得像水田一样，她的鞋浸湿透了，腿站酸了，但没半点怨言。厨房没有抽油烟机，油烟熏得她咳嗽不止，头脑发晕，但她心里乐意，无怨无悔。"老公"

来的时候，大家起哄说"傲哥"的女朋友来亮相了。"嫂子"一听"亮相"二字，心想"傲哥"还有什么女朋友呢？"老公"一定是来找自己玩的，她好久没有来了。"傲哥"说的，他这两年不交女友，要读书，我愿等他三年，这是我们有约在先，他不可能背叛那颗求学的滚烫的心，他不是那种人。

"老公"这天身穿米黄色的毛线衣，牛仔裤，大头鞋，背上背着个苏绣哈巴狗小包，扎了一个独辫儿，走一步甩一下，看上去像个小姑娘那般天真。看到"傲哥"那种殷勤、温文尔雅的样子，"嫂子"的心咯噔往下沉了一下，一直沉到海底了。

以前"老公"要来玩，都是事先打电话给"嫂子"，目的在于要"嫂子"去马路上接她，或者是叫"嫂子"赶快打摩的去街上买好吃的东西。这次是没有打电话来的。

"嫂子"放下手中的锅铲，疯跑上楼，开启录音机，放大音量，将水龙头开到最大，冲个脸，扔颗糖进嘴里。"虽然我俩相见无几时，可我已经深深爱上你……啊！为了你……"

"嫂子"想到"老公"尽管成了情敌，但毕竟是同学一场，而且是好朋友，所以并没有撕破脸。人家来了，不上去打个招呼，面子上是说不过去的。于是"嫂子"强装着笑脸和"老公"依旧欢声笑语，其实心里却在滴血。吃饭的时候，

"嫂子"和"老公"仍然坐在一张长凳子上。"老公"叫"嫂子"去提瓶酒来，说要和她痛饮，等会儿，喝完了好说话。

"嫂子"果真跑去提了瓶"笛女"，拧开倒了两杯。这时"傲哥"走来，满脸堆笑地把酒从"嫂子"的手上温和地提走，而后又转过脸来，恳求道："小妹老师，请你饶过她吧。""嫂子"一怔，想说什么，但终没有说出一句。一顿饭就这样稀里糊涂地吃完了。

"嫂子"赶到姑妈家，颓废地坐在椅子上，痛苦地摇了摇头。她的脑袋如麻，乱糟糟的一团。她想理出个头绪，却什么也没理出来。此时，她好想喝酒，便掏出十元钱，请表妹上街去帮她买一瓶，表妹根本不知她要干什么。"嫂子"待表妹走开的时候，就把那瓶"笛女"喝了个底朝天，躺在床上，看见室内的电表、电灯、电视、饭桌和碗筷都往天上慢慢地飞，地板也颠簸起来……

第二天早晨，"嫂子"拖着疲惫的身子昏昏沉沉地来到学校。没等她走进办公室，校长把她叫去了。"嫂子"从校长那儿得知了她工作调动的消息：石凳中学需要一名老师，就推荐她去了。一方面是工作需要，一方面也是为了让她改变一下环境和心态。校长关切地说："调令已经下来了，你把工作交代一下……"

"嫂子"在床上痛哭了一天一夜，不吃不喝，只是流泪。

第二天晚上，她起来洗了把脸，把队旗、鼓号、书籍提去交给"傲哥"。"傲哥"却只冷冷地叫她放到屋角就行了。

收拾完东西，夜已经深了，"嫂子"的身体感到说不出来的疲乏。她一头栽倒在床上，伸开四肢，舒展一下筋骨。她双目一动不动，死死地盯着天花板。几天来的事情好像电影镜头一样，一幕幕地从她头脑中闪过……我该怎么办，我该怎么办？她不止一次地这样问自己。头脑中，似乎有两个人在争斗。一会儿，这个人占上风；一会儿，另一个人占上风。她思索了好久好久，终于想通了，她从床上一跃而起，伏到床头柜上，摊开稿纸，写了起来——她要给"傲哥"写封信。

写什么呢？她思忖了半天，也没有下笔。平时，她的文学水平不错，此刻却不知该从何处写起。思索了好久，她终于写出了两行字。她看了一遍，觉得这样不妥，便一把将那页扯了下来，揉成一团，扔到地上。接着，她又写，写了看，看了又撕。如此反复，写了五次……她终于将信写好了。打开抽屉，拿出一个印制得十分精美的信封，写上自己娟秀的字：傲哥收。

"嫂子"如释重负，好像完成了一项神圣而重要的使命，轻松地舒了一口气。此刻，她的头脑变得格外清醒，心胸也豁然开朗了。她下意识地看看腕上的手表，都一点三十分了，该睡觉了，明天早上还要去石凳中学报到。

次日早，"嫂子"起来，天已大亮。她推开窗户，鸟雀在林间跳跃、啁啾，一束阳光瀑布似的泻了进来，她感到说不出的舒畅，几天来压在心头的一块石头终于落了地。她精心地洗漱完毕，化了淡淡的妆，便拎起简单的行李，揣着昨晚写好的那封信，走出了寝室。

她轻轻地走到"傲哥"的门旁，抬起手敲了两下。"傲哥"仿佛约定好了似的，立刻走了出来。

"小妹老师，你这是？……"

"'傲哥'，我要到新的学校报到去了……"

"傲哥"看了看"嫂子"红肿的眼睛，略显疲倦的神情，他从心里感到内疚，深情地说："小妹老师，我送送你好吗？"

"嫂子"点头答应了。

阳光暖洋洋地从林子上空射下来，四周山野郁郁葱葱，早晨的空气格外清新。两人在路上慢悠悠地走着。好长时间，谁也没说话。终于，"嫂子"开了口："我走了，这样也好，免得打扰你们……"

"嫂子"还想说下去，"傲哥"打断了她的话，说："小妹老师，不要这样说，我们永远是好朋友，真的，请你相信我……"

"嫂子"低着头，难过地说："我过去想不通，甚至有些恨你……现在一切都想通了，感情的事不能勉强……"

　　"傲哥"望着蓝蓝的天空，徐徐地吁了一口气，说："小妹老师，我永远记着你对我的真情……天涯何处无芳草，我相信你会找到一个称心如意的人……"

　　前面就是路口了，两人才发现走了很远的一段路。"嫂子"说："'傲哥'，你不要送了。""傲哥"回头看了看远处的校舍说："小妹老师，我不送你了。祝你以后一帆风顺。再见！"

　　"傲哥"和"嫂子"同时伸手握别，两只手紧紧地握在一起，又慢慢地松开。两双眼睛凝视着，徐徐地移开。

　　"傲哥"说了一声"小妹老师保重"便转身离开。"嫂子"突然高喊一声："等等。""傲哥"转过头来，见"嫂子"手中高扬着一封信。"嫂子"说："给你——信！"

　　一封薄薄的信，"傲哥"感到有千斤重，他郑重地放进衣兜里，望着"嫂子"深情地一笑，又说了一句："再见！"

　　"嫂子"也回声："再见！"

　　"嫂子"加快了脚步，迈着轻盈的步伐朝前走去。

黑背

1

季校长把车开去校园的操场边。停车以后，季校长喜欢把手反背在腰间，像农民去庄稼地里打望一样，去检查公共地段的打扫情况。公共地段都是面子工程，马虎不得。当他走到季明阳的宿舍外面时，突然听到季明阳在屋里和谁在说话，听内容，不像是与教师或学生之间的对话。

"你趴下，趴下吧……没想到那黑心子还真打你，我以为他是做做样子……没想到还把你打得这么惨。"

"这个单身汉在干啥？"季校长心里嘀咕。他怕别人看到他在宿舍外听墙角，赶紧后退了一步，装着在看教师宿舍的地面打扫干净没。

屋里又传出了声音："嘿，对了，昨天给你抹上后，你怕痛，还乱蹬，你以为那是啥？那是牙膏。牙膏是杀菌消炎的，我平时哪里有创伤都用的它。嘿，你脖子这里都结痂了，好得还真快，我说牙膏行吧！不过我要反过来说下你，老伙计，你那秉性也太直了，比我还直。你现在跟我一样，都退居二线了，要识时务啊！人家是校长，是这学校的老大。那天你来上班，第一个嗅味和识别长相的人，就是校长，你怎么就忘了呢？我是校长的叔，我都要听他的。他来了，你怎么就不能睁一只眼闭一只眼让他过去呢？你这样当场就把人家抓住，一点儿不给人家面子，这样哪个受得了啊！换了你，你想想看。他就是因为这打你，是因为你把他老大的威信灭了啊！人家是学校的一校之长，你懂不懂？"

季校长听到这里，明白了——季明阳在和狗说话。

季明阳是个可怜人，教书四十年一直在代课。学校教师如果是以正式教师的身份退休的，即使退休后不代课，整天玩，月月还有养老金领着。可季明阳退休了，便意味着生活没着落了。教书，教书一辈子也没个着落的人还真不少，可人家再穷是安了家的，但季明阳连家也没安上，到老了连一个说话的伴都没有，只能和自己养的鸡、猫、狗说说话。

季校长心头舒服了，想到要是有支烟来抽抽该有多好啊！一摸口袋，惨了，口袋空空如也。其实季校长不是戒烟了，他也不想戒；也不是没钱买烟，家里自己买的，人家送的，满足自己随便抽的需求是没问题的，而且还是好烟。关键是那天——季校长被狗"教训"了之后，真的是从心底害怕了。那警犬简直太厉害，真不愧是国家一级警犬。当时他脑子还没反应过来，就被撂倒了。一句话，不敢了，再也不敢了。其实也不是不敢，主要还是因为在学生面前太丢脸了，堂堂一个校长，因在校园违纪抽烟，被执勤警犬当场按在地上缴烟，简直太丢脸了。

但抽烟的人有瘾，就像婴儿吃奶一样，奶瘾一发，哪还管什么丢脸不丢脸的？就想抽。但要戒烟——谁都知道，戒烟的人在前几天是最痛苦的。其实季校长也知道抽烟不好，他的老婆是音乐教师，最反对他抽烟。这次听说他被狗收拾了，他的老婆、女儿拍起巴掌笑了起来，觉得真是大快人心。但男人这种动物很奇怪，你越是阻止，他越是偏执。

季校长想到自己当校长都快二十年了，风风雨雨哪件事难倒过自己？可真没想到这次却为抽支小小的烟，被一条狗管住了。这岂不让天下人笑掉大牙吗？

季校长走去季明阳门前，对着半开的门轻轻地叫了一声："季老师。"季明阳听着很刺耳，以前季校长一直是叫季明阳为"叔"的，今天不叫了。这让季明阳也没思想准备，眼睛直直地望着他。

季校长说："你牵来的这条狗不行，得还回去。"

季明阳说："怎么不行？"

季校长说："我说不行就是不行。你牵回去吧，我们学校不需要它了。"

季明阳说："人家才来几天，你去看看现在校外那些摆摊设点的小贩还有吗？卖垃圾食品的商户还有吗？过去无论你怎么撵，那些人始终把你的话当耳边风，你看现在还有吗？这都是黑背的功劳啊。"

季校长说："你别说了，我说你那狗不行就是不行！"

季明阳气得把牙帮子咬紧，睁大眼睛瞪着校长说："人家省公安厅都试用得起这条警犬，你这小小的山沟里的学校反倒试用不起它了。告诉你吧，这黑背退役前是条缉毒犬，当年被调去云南省的临沧、德宏、西双版纳、普洱去缉过毒的……"

"好了，好了，这些话我耳朵都听得起老茧了，你别老是张嘴这功那功的，它功再大，都不适合在学校待。学校马上有个'迎检'任务，昨天我才去教委开了动员会，教委叫我们各校必须做好'迎检'准备，确保万无一失。如果这次过不了关，我们学校每个老师的绩效工资都将损失一两千元，我这校长也当不成了。其实校长当不当无所谓，关键是学校教师的绩效工资没了，好大一笔钱啊！这次检查的重中之重是'安全'。'安全'有问题，可以一票否决我们学校。到时检查团的领导来，如果里面有吸烟的领导，那你这黑背也像对我那样，向人家扑去，把人家吓得半死，那我们学校还能过关吗？检查过不了，明年还得来，我们就又得积极准备，这样人力、物力浪费太大，你知道不知道？"

季明阳说："是我买的它吗？"

季校长说："是我请你把它买来的。但是现在学校有特殊情况，遇上'迎检'了，有啥法子呢？是上面的要求。"

季明阳脸一黑，把门一摔，说："买了的东西，东西质量没问题那是可以随便退的吗？要退你去退！"

季明阳气冲冲地进屋里去了。

2

第二天，季校长到学校到得很早，但再早也没黑背早。

黑背早就站在学校门口迎接老师和学生了。

季校长一看，心头就起火了：这条狗怎么还没走？随即季校长赶紧摸了摸兜，有一盒烟，他心里一阵慌张，他要赶快将烟扔掉，否则，车子一过，烟味被风扫到黑背鼻子里，它肯定又要扑倒他了。这如同当年查毒品时，有多少毒犯把毒品藏在车子搭架的钢管里，藏在灭火器的钢瓶里，藏在备胎里，都逃不过黑背的鼻子。

为这事，季校长还特地用手机搜索了一下：人的嗅觉细胞只有 500 万个，覆盖在鼻腔上部黏膜的一小部分，面积仅有 5 平方厘米左右；而狗的鼻子里有许多皱褶，因此它鼻子里的表面积就增加了许多。狗的嗅觉细胞大约有 2 亿个，有的品种数量还要多，例如一种牧羊狗的嗅觉细胞竟达 2.2 亿个，这些嗅觉细胞在鼻腔里占的面积有 150 平方厘米左右。凭借这么多的嗅觉细胞，狗的嗅觉能力是人类的 1200 倍。也就是说，你认为你很高明，搞夹带过了校门那一关，你在办公室、寝室，或是在厕所里躲着抽，都有可能被黑背抓在现场。这条狗简直太厉害了，真没想到啊！也就是说，只要黑背在，你想在它的嗅觉范围内抽烟，那就请你死了这条心吧。

季校长的烟瘾确实大，即使回家不抽，在外面每天也能抽三包。只要一离开家，几乎整个白天，他的嘴上都叼着烟，一支接一支地抽。过去他在城里没买房的时候，住在学校。他教小学，他老婆教中学。那时学校周边没有卖烟的商店，只要天快黑了，饭不吃都不要紧，但兜里没烟，他就紧张了，宁愿摸黑走两里地，哪怕刮风下雨都要去买烟。因为备课写教案要熬夜，就得抽烟来提神。时间长了便养成了习惯，不熬夜，季校长也要抽烟。有时，兜里烟充足，抽的时候也奢侈，烟抽一半就扔掉了。但后来没烟了，外边又下着雨，又是深夜，这时看到门口垃圾堆的烟头也不嫌了，捡起来，把卷烟纸撕开，再用新的卷烟纸卷上捡到的烟头里的烟丝，抽一口，还说："办法是人想的，哪有大活人被尿憋死的道理？"

季校长这天就像某些抽烟的学生对待学校的检查一样，把烟赶紧扔到了路边的绿化带里，这才把车开进了学校。进了学校，季校长就直奔季明阳的宿舍，他问季明阳："叔，这是怎么回事？黑背怎么还在这里？"

季明阳说："我叫它回乡下去。它不回，我有啥法子？"

季校长差点肺都气炸了，说："你叫它回，它不回？"

季明阳说："是呀，我尽力了，和它沟通了好久，但它还是不回。你是校长，你有本事，你和它沟通去吧。"

听到季明阳嘴里说出的句句戳心的话，季校长觉得自己说的话完全被当成了耳边风，他生气地和季明阳说："明天检查团就来了，据我了解，里面就有几位抽烟的领导。你这黑背如果向人家扑去，把人家按在地上，那我们学校能过关吗？"

季明阳不吱声。

季校长咬着牙，说："看来你是不想牵走了，那我就叫人来帮你牵走好了。"

季校长说完，扬长而去。走过操场，回头来了句："这种屁老头儿，我还真不怕你给我耍花样，还说'它不回，我有啥法子呢'。哼，惹火了我，我一包药就给你解决了。"

季校长回到办公室气得把茶杯都砸了，在办公室当着两位副校长的面大骂："难怪这老头儿娶不上老婆，工作四十年都仍是临时代课，我说他活该，他是真的活该，可怜之人必有可恨之处……他简直气人，一点儿都不通情达理。这还是人民教师，还教了四十年书……嗯，我再不好还是这个学校的校长，教师都调动得了，难道还调动不了一个'保安'了？叫我去和狗沟通，简直岂有此理……哼，他以为他是这学校的元老就可以为所欲为了？呸！"

这时钟副校长说："季校长，那年你进修去了，还不知道一件事呢。你那叔真够可以的。学校的老师杨虹结婚，她和她丈夫张一把新房布置在学校，酒席办在了酒楼。吃了晚饭，大伙儿从酒楼回学校来闹新房，进不了校门。人家张一在门房外给他说那么多好话，他硬是不开门。最后没办法，只好把闹新房的活动撤销，杨虹两口儿摸黑回乡下老家去住了。"

何副校长又说："说起这老头儿，真的是说一夜也说不完啊。现在教管中心的赵主任，和我们学校徐总是好兄弟。有一次，赵主任去徐总家做客。那晚大约十点钟的时候，赵主任突然接到家里电话，说他外婆病逝，让他火速回家。赵主任辞别徐总，骑上他的摩托车就要走，走到校门口，校门关了。赵主任请季明阳开一下门，季明阳就不开。赵主任说他外婆病逝，事情紧急，请季明阳放下规定，开一下门。季明阳在门房继续装睡。赵主任没办法，只好回到徐总的宿舍叫徐总。徐总来了，见季明阳躺在床上，面朝里，仍然一动不动。徐总知道他是装睡，便在床上猛拍了几下，又说了赵主任家里的情况，请季明阳开下门，季明阳仍是动都不动。后来没办法了，徐总只有请炊事员谢老师把学校的后门打开。后门离公路还远着呢，都是崎岖的山路。他们只好叫起了炊事班的几个人，一起把赵主任的摩托车从后门慢慢抬到下边五六百米远的公路上去。二百六十多斤重的摩托车啊！几个人抬到公路上，都累得一身大汗。"

季校长说："你们为啥早不讲呢！要是早讲了，我知道他是这么个人，那他退休后我还返聘他个屁呀！老了没着落，活该！"

何副校长嘿嘿一笑说："我们敢说吗？那时我们听说季明阳是你叔，才不敢说呢。"

季校长说："我们只是一个姓而已，又不是近亲。他是这里普集村的人，我是下面万古镇的人，隔得远。当时听你们说，这季老师为了家乡的教育事业，干了四十年都还只是临时代课，又没成家，到老了还孤苦伶仃没个着落。于是我就请他来中心校当个保安，顺便在学校打杂。没想到这老头儿的脾气这样臭。"

3

黑背不走，还要管它的吃饭问题。黑背吃东西是很讲究的——它不像一般的狗，人吃的都能吃，人不吃的也能吃。黑背不行，它只吃人吃的，人不吃的它要看是什么。比如猪肺，一般人不喜欢吃，嫌那东西腥味儿重，厨艺不高的人弄出来不好吃，吃了胆固醇还高。但黑背不管，它不要好味道，只要那肺煮熟就行，半熟也可以，它就喜欢那个味儿，特别是那腥味儿，最好是带点儿血腥的更好。这就像有的人，每顿有了菜有了肉，还想要喝点儿小酒一样，不一定喝多，但每顿都要喝那么一点儿，主要是为了品品那个味。

季明阳把煮熟的内脏盛进碗里，再加一碗米饭盖在上面，放进竹篮，准备给黑背送去。黑背在校门口"值班"，季明阳本可站在他的宿舍门前，掏出口笛一吹，黑背就会自己回来。季明阳没掏，因为现在是上课时间，他宁愿亲自走一趟送去。这跟农村农忙时劳动力在山上干活，家里人煮熟饭，不想耽误山上劳动力的劳动时间，就亲自把饭菜盛好送上山去吃一样。

季明阳的背驼了，呈弓形，走路像虾一般。这时他提着竹篮，走到学校门口的黑背跟前，对它说："开饭喽！"

黑背没理他，仍是目不转睛地盯着、嗅着从公路上走进学校的学生和送学生的家长。季明阳把碗从竹篮里端出来放到黑背的跟前，说："明天学校有上级领导要来检查工作，你就听话回乡下去吧。如果你要犟，硬不走，到时领导一来，见到了你，这所学校就甭想过关了。他们认为学校是不能有狗存在的，有狗就不安全，会伤到学生。安全重于泰山。你说你不是狗，是警犬。我这么说，连季校长都笑我还教学生，问我：犬和狗有区别吗？我说有，比如你，你是警犬，就比一般土狗优秀很多，叫你怎么走就怎么走，叫你咬几口就咬几口。可季校长说，我跟他说这些没用，让我和检查团的领导说去。"

黑背默默地低着头，一边吃东西，一边用眼睛瞟季明阳。黑背板着脸的模样像狼，太像狼了——很吓人。

这时，季明阳用手拍了下黑背的头，然后扯着它的耳朵说："我说了半天，你到底听进去没？"

黑背身子左右一甩，挣脱季明阳的手，抬头白了他一眼，不吃了。

"咦？说了你几句，你还跟我怄气了是不是？"

后来，季明阳用手拈起一片肉，像逗小孩一样送到黑背嘴边，说："哎呀，来来来，来吃吧。你要像我一样学会忍，要在屋檐下低头。你怄啥怄！"

黑背头一撇，走了。季明阳说："你到底要干啥？是不是感冒了，内脏也不吃？如果感冒了，我就去街上给你买点儿药吧。"

季明阳这些年来很孤独，他喜欢同鸡、猫、狗交流。有时心头不愉快，骂它们一通，甚至用棍子打它们，它们也不会顶撞他。不像人，打不得，打了就犯法，他们会告你。

季明阳从事教育事业四十年，有丰富的教学经验，他很想在自己的有生之年抢救性地把自己的宝贵经验无偿地捐献给学校。他提过几次想开一个经验交流会，校长当时笑着说"可以可以"，可之后就不提了，他也不好意思再问。

校长不要这教学经验那就算了，教师要吧？教师只要在操场上三五成群谈论教育教学的时候，季明阳就会慢慢走过去插话。先头有的教师见老教师插话，都还认真听。后来大家都不想听了，因为他次次都讲那些事。再后来，大家见他一来，就各自散开了。

那就跟认识的学生讲吧，讲什么呢？讲人生，讲道德，讲理想吧……于是他走到一名认识的学生跟前，把那学生的肩头一拍，说："娃，你该叫我啥？"

学生望着他，摇头说："不知道。"

"不知道？你爷爷是怎么教你的呀？都不怕告诉你，你爷爷都是我的学生，你知道不知道？你该叫我什么，你爷爷没跟你讲吗？"

孩子蒙了，丈二和尚摸不着头脑，只好傻里傻气地望着他。

季明阳摸着孩子的头，俯视着孩子的脸庞，说："孩子，你放心好了，我不会怪你，不知者不怪嘛。我要怪你的爷爷，你爷爷不像话，哪天我碰见了你爷爷，一定要批评他。他是我学生，我批评他，他不敢犟的。"

季明阳说话简直像个喝醉了酒的疯子。孩子越听越害怕，赶紧跑开了。季明阳在后面追，那小孩跑得飞快，见已经把季明阳甩出了老远，小孩回过头来，吐出舌头向季明阳做了一个鬼脸，说："老头儿——来，你来批评我呀，你来批评我呀！"

季明阳见此，气得又追，追得气喘吁吁，还是追不上。停下来时，季明阳一通咳嗽，之后便自言自语地说："现在教育完了，完了，完了。不知现在这些老师在教些什么，在教些什么呀！唉——"

4

季明阳走到行政楼季校长的办公室，给侄儿季校长说："这事我想了下，我还是把狗牵回去。"

季校长正在电脑前忙工作，听季明阳如此说，马上放下鼠标，视线从电脑上挪到季明阳的脸上，好像不认识季明阳似的端详着他的脸好一阵，然后笑着说："嗯，好啊。能得到您老人家的理解，我就放心了。"

季校长的手从键盘上放下来，往椅子后背一靠，如释重负地将双手返到椅子的靠背后面去，手拉手地拉了一阵。过了一会儿，他将一只手伸进了自己的口袋里掏烟——没有。唉——季校长叹了一声气，又迅速把手抽了出来。

季校长点头笑了。

季明阳也笑了。

季校长然后说："叔，既是这样，那今天中午我们中心校的全体教师就给您老人家饯个行吧。"

季明阳说:"饯啥行嘛,我又不是不回来。"

季校长说:"您回来归您回来,我们这次给您饯个行有啥,喝两杯酒吧。"

于是季校长马上就给伙食团团长张伦国打电话,叫他去准备一下。

张伦国是学校的大忙人,他每天要上几次街,为伙食团采购蔬菜、肉类。有时还要充当学校出纳去街上的银行取款。这天,张伦国正骑摩托车去离校四公里的街上办事。他骑了三公里的时候,口袋里的电话响了,他马上刹车,把摩托车停到公路边,两脚着地,掏出电话。一看是校长打来的,张伦国赶紧接,问:"老大,啥子事?"

季校长在电话里说:"那老头儿太过分了。"

张伦国知道季校长是在说那狗的事,但他装着不知,问道:"啥子吗?"

"哎呀,电话里一时半会儿说不清,你马上回来,到我办公室来一下。"张伦国说:"老大,今天我的事情多,这会儿在外面办事呢,一时半会儿回不去。你就在电话里说吧。"

"哎呀,少废话,你赶紧回来!"季校长说罢,就把电话挂了。

张伦国看着手机屏幕，傻了，嘴里喊了一声"妈呀"，只好转身又往学校跑。

　　到了学校，张伦国把火一熄，脚架一蹾，直奔校长办公室。张伦国进了办公室，气喘吁吁地说："老大，啥子事？"

　　季校长正在电脑上"斗地主"，这时他全神贯注地在看他屏幕上的牌。出了两手之后，他才转过身来，说："咦，你说你今天事情多，那你办事效率还不错嘛，这么快就回来了？"

　　张伦国气得差点晕倒，他反驳道："喂，老大，我刚要去办事，你就叫我回来，所以我事没办就回来了。"

　　"那你怎么不买了菜再回来？"

　　"嘿？你刚才不是打电话叫我赶紧回来吗？你要不要看看咱俩的通话时间？"

　　季校长双手一摊，装出很无奈的样子，说："哎呀，谁看你的通话时间！你老弟也是……算了算了。"季校长一会儿又自言自语，"对不起……对不起呀兄弟。哎呀，这段时间为'迎检'，我脑壳都被整大了，人都整成神经病了。哦，我想起来了，是这样的，学校的事情千头万绪，这季老头儿又来添乱，他说他想了下，还是把狗牵回乡下去。"

　　张伦国嘻嘻地笑了。张伦国之前骑摩托车把门牙磕掉了三颗，也没时间去补，说话时，上嘴唇总是会塌陷下来，像老太婆的嘴形，让人见了就想笑，但又怕对他不礼貌。这时他一笑，口水流出来了，他马上用手横着抹一下，说："这屁老头儿还是害怕学校弄他，退缩了呗。"接着张伦国又说："喂，老大？那还买不买那药呢？"

季校长迟疑了一下说："买，为了确保过关，一定要买！主要是怕季老头儿反悔，一旦他反悔，不把狗牵走了怎么办？"

张伦国说："老大，万一把那狗真毒死了，季明阳的弟弟岂不是要来找你算账？人家那狗好值钱的。还有，当初是学校委托季明阳去牵的狗，也就是人家把狗相当于卖给学校了——学校付钱没？"

季校长说："没有。"

"谈价没？"

"也没有。这是季明阳弟弟的狗，谈啥谈？"

"你既然没付钱，那你就得退人家的狗，叫他牵回去，给点补偿得了。为什么要去毒死人家狗呢？我没想通。"

季校长想了想说："你这猪脑子，难道你没看见吗？哎呀，给你这样说吧，那狗也跟季老头儿一样，一根筋，它狗日的喜欢上我们学校了。狗，最大的优点是什么？"

"忠诚。"

"对了，问题是我学校这里为了'迎检'，我不要它的忠诚啊！它一忠诚，我们学校就完了，我这校长也完了。"

"明天检查，叫季明阳把狗拴在他的寝室，不就解决了吗？"

"他不呀！我好话说尽了，他就是四季豆一根，油盐不进呀，怎么办？难道我敢拿'学校检查不过关'的风险来做赌注吗？"

张伦国连连点头，转身就要走。季校长又叫住他，说："我还没说完，你怎么……忙啥呀？"张伦国本想说"你是校长你当然不忙"，但话到嘴边却改成了："还有啥指示，老大？"季校长说："今天中午，中心校的教师要给季老头儿饯个行，你到街上去多弄几个菜回来。"

张国伦说："还饯行？"

季校长说："是呀，一码归一码的。"

张伦国走出校长办公室，下楼骑上摩托车又上街去了。

5

中午，教师们一进食堂，桌上有鱼、有肉，还有凉菜，一看"老大"也提前到了，还把从不进教师食堂吃饭的老教师季明阳也请来了，干什么？过节吗？好像这里又没有什么节。一会儿，有的人等不及了，特别是有的女教师更是等不及了，走到桌边埋头一看，把眼镜往上一推，立刻伸出"兰花指"就去碗里拈一片烧腊放进嘴里。其实大家就餐，没到齐就狼吞虎咽开始吃的现象，学校可以说每学期分管后勤的何副校长在会上都不知要说多少次："学校本是一个大家庭，一个家庭就得有点规矩。就拿我们学校吃饭来说吧，这本不应该拿到会上来讲的，因为我们都是教育人的人。比如每天中午的就餐，已是老生常谈了，人没到齐，有的老师还没有下课，就等一下吧。可有的人就是等不得，到了食堂就打饭；有的人筷子也不拿，就用手抓。结果后面来吃饭的人就只能吃点儿残羹剩饭。这成啥子体统！如果我们看见学生是这样，你将如何去教育他们？如果我们要他们不要这样，他就会马上指着你，说我们都是跟你们这些老师学的。这时候你当老师的该怎么说？"

领导批评的时候，对大家是有杀伤力的，尽管没有点名，因为自己犯的错自己清楚，往往这时有的人就会低下头去。但低下头去了，并不意味着这些教师就不再犯，只是因为这些话没有直接触及他们的内心。而在这时之所以要低下头，是因为这些话伤及他们脸面了，让他们有些尴尬。但只要相隔一定时间或者换个环境，他们的这个毛病仍会死灰复燃，因为他们的劣根性还在。

这天，季校长入席的时候，一见大家都到齐了，给自己倒上酒，端起酒杯站起来，说："各位，请安静一下……请各自斟上酒。"这时有位老师说："老大，我喝不了酒也要斟酒吗？"

季校长不想理那个故意耍怪的老师，他只是眼睛朝那老师一眨，暗示了他一下，接着说："今天是我们学校季老师'告老还乡'的日子，他教书四十年，当保安十年，今天他就要回乡下去住了，所以我们今天中午，特用一杯薄酒，为他送行。祝他身体健康，健康长寿！"

大家说："好！"

叮当，几十个酒杯碰撞的声音。

这时有个教师用手肘把另一个教师撞一下说："不是说是为了应付检查，叫季老师把狗暂时牵回去两天，等检查过了再让他牵回来。怎么老大又说'告老还乡'，是啥意思？"

被撞的教师说："估计是老大怕季老师死在学校，给学校添麻烦，趁机想让他回家养老吧。因为季老师岁数大了，又爱喝酒，说不准某天一个跟斗翻过去起不来了，哪个去照顾他呀？他无妻又无儿的，又与人不来。学校毕竟不是慈善机构，虽然他以前为学校做出了重大贡献，但学校是如实付了报酬给他的。"

"他有兄弟姊妹，侄子侄女呀。"

　　"他跟谁合得来？我听说了，他的亲人没有一个愿意接他回去的，都希望他设法把学校黏住。他工作了四十多年，没功劳总有苦劳吧，学校应该考虑这一点。"

　　"哦，我们季校长和季老师的亲属在打'太极'啊。唉，他这种孤寡老人不是可以进政府办的敬老院吗？听人说那里挺好的，吃喝拉撒都有人管。"

　　"你以为那是一般人都能进去的吗？……哎呀，来，不提这个了，喝酒喝酒！"

　　这时有个年轻教师喝酒耍赖，喝了校长敬大家的第一杯酒，没喝完，又拿起碰了一下还是两下，喝完就不倒酒了，去倒了半杯开水。这一幕被季校长看见了，季校长伸手去把他杯子里的水倒了，叫他倒上酒，悄悄地说："你在干啥？平时都要喝，今天这么高兴的日子反倒不喝了。"那倒开水的教师说他肠炎犯了。季校长说："我们日日就盼有这一天，今天终于到了，难道不高兴吗？来嘛，就是肠子断了都要干一杯。"那年轻教师懂校长的意思，抿嘴一笑，点头道："嗯，对，就是肠子断了都要干一杯。"于是倒上酒，真和校长碰了。

　　后来有不少教师都去敬季明阳酒，季校长说："喂，请各位注意哈，季老师是满七十岁的人了，要注意他的酒量呀。"

这时季校长突然想起了什么似的指着对面桌的张伦国说："张伦国，你记住啊！等吃了午饭之后，让季老师休息下，然后你去对面的公路上拦辆车，一是送下季老师，二是把他的生活用品装上车马上运走；然后问他把寝室的钥匙要回来，你拿到后交给我，我另有安排。"季校长说话时对张伦国挤眉弄眼，张伦国也配合着云里雾里地点头哈腰。

　　这时一名学生从学校门口跑来教师食堂，对季明阳老师说，他那狗本来在校门口坐得好好的，突然倒在地上，浑身抽搐，发出呜呜的声音，嘴里吐白泡泡。季校长一听，便浅笑着对张伦国又挤了一下眼。张伦国也笑了。季明阳不知他们在笑啥，站起来，走到季校长身边说："季校长，你们慢慢喝，我过去看一下。"

　　季明阳一走，季校长倒杯酒，说："兄弟们！来，我们再碰一下！"

　　张伦国拿手把嘴唇罩住，说："季校长，我不能喝了。"

　　季校长说："不行，我今天特别高兴，哪怕你只倒半杯啤酒，也要陪我喝一下。"

　　张伦国真倒上了半杯啤酒，和季校长一碰，把嘴唇又罩住说："季校长，你真英明！"

6

季明阳伛偻着身从学校食堂醉醺醺出来，他差点碰着炊事员小唐了。小唐说："季老师，你喝醉了？"季老师说："我醉了吗？你看我天天喝酒，我醉过吗？"小唐知道他肯定醉了，醉了的人都说自己是没醉的。小唐走了。

季明阳一左一右晃晃悠悠地走着，经过睡莲池，经过天成文化长廊，走下石阶径直往学校门口走。到了门口一看——天哪！黑背果真倒在地上口冒白泡，浑身抽搐，眼睛黑少白多，向上翻着。季明阳顿时头脑清醒了，他知道黑背一定是吃了什么东西，而且他还肯定这是学校内部人员干的。黑背自从采集完了学校老师和学生的气味及长相以后，它就已经把学校的领导、老师和学生都看成是它的亲人了，放松了警惕。因为它是经历过专业训练的，外人是无法接近它的，别提扔东西给它吃了，就是扔给它，它也是不会吃的。

那么是谁干的？季明阳的脑子一下闪出个大问号，总不可能是校长吧。为了黑背，为了学校"迎检"，他来说了两次，先头自己是想不通的，心想黑背才来，工作还没完全施展开，成效就那么显著。这里为了"迎检"又叫人家回去，那么当初学校的人在请人家来之前就没有想到这一点吗？现在想通了，为了学校，为了过关，让黑背回去吧，但为什么还要设法害黑背呢？难道硬是欺负黑背说不了话吗？

不是学校干的，那么又是谁？季明阳想到了在校门外公路边摆摊的龙国的老婆，她是长期卖泡泡糖、薯条、洋芋串、麻辣烫等垃圾食品的，据说以前每天她都有一二百元的利润，现在黑背一来，龙国老婆只要一摆摊，黑背就会向她扑去，会把她的东西撕碎往田里甩，简直比城管执法还严。后来她再也不敢来摆摊了。

那么是不是龙国的老婆拿钱买通学校的学生干的呢？

结果还是炊事员小唐敢说出真相。她看到季老师急于想知道事实真相，见四下里无人，才三言两语地悄悄告诉他，说她亲眼看见张伦国在锅里选肉，选好后切碎，装进塑料袋里提走的。季明阳说："这也不能说明这就是张伦国干的呀。"小唐说："我听到季校长和张伦国在吃饭的时候商量，说不要买'毒鼠强'，季校长说那药效太快了，不好，要慢性的，越慢越好，这样才神不知鬼不觉……"

"哦，知道了。"季明阳说。

但为了救黑背，时间就是生命，季明阳想打120，但他连手机都没有。这时他发疯似的急着去找学校平时和他唯一说得来的一个教师，这教师叫张术。张术一听，就笑起来，说："你打 120，你以为你那狗是人吗？人家 120 是救人的，而不是救狗的。狗死了就死了，没办法。"

季明阳说："我那条狗不是狗！"

"不是狗是啥？"

"是警犬。"

"警犬是不是犬？犬就是狗。你还是老师呢，你看我说错了吗？"

季明阳说："你就说错了。"

张术说："好了好了，你这老头今天喝多了，我不和你争论。你还是老师呢，狗和犬都搞不清楚，还教学生。我不想和你说了，给你手机，你爱打你打，反正我是不会帮你打的，因为人家医院那头的医生一接电话就会笑掉大牙，会笑我还是教师，人畜不分。"

在学校，只有张术一人在喝酒的时候可以这样说季明阳，季明阳也不会生气。有时张术越贬季明阳，季明阳反而越高兴。比如有一次张术和季明阳喝酒，喝至半酣，张术说："季老师你一辈子简直乱弹琴，代课四十年还没转正，真是个奇葩。这都不怪谁，就怪你自己，转正考试人人做假就转了，就你不做假转不了，你真笨。看上去，你是能说会道，多聪明的人呀？我看要说认真负责教学生的话，没几个能和你相比的。有用吗？你在困难的时候，你的学生至少有成百上千个吧，有一人站出来为你这当老师的说一句话吗？"

季明阳说："是呀，我就是不会做假，没办法。"

张术说："你不做假，你是有多伟大吗？"

季明阳说："我不伟大。但我这辈子就是不想做假，我是啥，就是个啥，也不想去装，顺其自然。"张术说："你完了，你完了，顺其自然就无法掌控自己的命运，你听说过这道理吗？"季明阳说："不顺其自然，也掌控不了命运，你听说过吗？"张术说："好了，好了，你是我们学校伟大的哲学家。我输了，我不想和你争论了。"

季明阳这时气得转身走了。他觉得这世上，张术是他最要好的、无话不说的朋友，可以说比他的亲人还要亲吧，结果到了关键时刻都还是靠不住，酒肉朋友而已。打个电话多少钱？两块钱吧，说不准还花不上，这些年，你张术喝我的酒还少了吗？难道还不够打一次电话的钱吗？王八蛋。

季明阳认真了。可张术还以为这时候的季明阳像平时和他喝酒时的季明阳一样，他们可以无话不说，什么都可以随便谈，季明阳转身一走，张术才知道他是真生气了。怎么他今天突然就变得这么小气，不能随便谈了？

这时季明阳内心感到非常悲凉，眼看黑背越抽越厉害，泡沫不断从嘴角流出，眼白上翻，泪水长流，面颊的毛发都被打湿了一大片。季明阳忍不住了，说道："老伙计呀，你是无辜的，你全是为了我才被人害的呀！"季明阳鼻子一酸，眼泪流了出来。

这时有几个学生家长路过学校外边的公路，听到一向硬朗、中气十足的季老师，怎么今天说话带着哭腔了？是喝醉了吗？还是……于是纷纷跑来，一看黑背躺在地上，口吐白沫，都说可能是吃了毒药，赶快设法抢救，不然就晚了。有的说："那赶快去请兽医站的医生吧。"

有的说："为你一条狗，能赚几个钱呢。除非你把狗亲自给兽医站抬去，不然他们一般是不会出诊的，最好的办法还是自救，这还实际一些。"

另一个却说："这是只警犬，它不是一般的土狗，人家是立过功的，怎么这些人乱来啊……"

"哎呀，你们哪个知道兽医站的电话？不管怎样，打过去问问吧。"

这时从学校对面的余家大院走出一位学生家长，她从水沟边走过来，端着一盆解毒的绿豆水，说："这狗那么好，又不乱咬人。自从它来学校以后，我家两个娃儿就没买过零食了，回家也认真吃饭了，不像过去天天找大人要钱……是哪个砍脑壳的干这种伤天害理的事呀！"

绿豆水到了，大家并不肯定绿豆水就一定能救活黑背，但死马当成活马医，试试看。于是大家纷纷动手，抱狗的抱狗，灌绿豆水的灌绿豆水，灌完后大家合力把黑背的后脚用绳拴住，将它倒挂在校门外的银杏树上，让它把身子里的毒水从口中滴出来。

一阵抢救之后，大家又七手八脚地把黑背抬去了季明阳的寝室，将狗放在了地上，让它平躺着。季明阳像照顾自己的亲人一样，一直看守在旁。哪知道，黑背命大，又慢慢睁开眼醒来了。一会儿，黑背又去学校大门口"执勤"了。

7

下午，张伦国去学校对面的山坳拦了辆货车，他坐上货车指引司机开到学校。张伦国以为季明阳已把东西收拾好了，只等自己去帮忙背几包行李就可以上车送季明阳回老家了。他去季明阳的宿舍一看，他还在床上侧躺着，面朝墙壁。张伦国一看时间，差一刻都到下午四点了，学校都快放学了。张伦国问："季老师，车我都帮你叫来了，你怎么还在睡啊，是中午喝醉了吗？"

季明阳不吭声。

张伦国再喊。还是一样。

张伦国知道季明阳的脾气，叫他不答应，你还叫，他会凶人的。张伦国不叫了，便去那边教学楼请张术老师，心想他俩关系是最好的，张术喊，季明阳会答应。张术说："我今天还不是把他给得罪了，为救狗的事。"不过张术想到既是张伦国来请了，平时做资料人家再忙都没推辞过。张术推托不起了，便把批改学生作业的活儿放下，跟着张伦国一起下楼去试试看。走到季明阳窗前，张术一喊："明阳，明阳，你说你要走，人家张伦国把车都叫来了，你怎么还在睡啊？人家司机不可能久等你啊。"

季明阳没有动。但季明阳这时却闷闷说了句："我不走了！——"

张术吃惊了，张伦国吃惊了，两位在窗前你看着我，我看着你。后来张伦国将自己下巴一指，眼睛一眨，意思叫张术再问他一下。

张术对着玻璃，眼看着里面床上的季明阳，又问："为啥呢？"

季明阳不说了，张术继续问，季明阳还是不说。张术最后对季明阳说："那你把门打开吧——学校可是为你钱了行的呀，你这人怎么能这样言而无信呢！"

季明阳还是没有动。

两人没辙了，只有走开。

走开以后，张伦国就给季校长打电话。张伦国说："老大，我把车叫来，季老头儿他又不走了，你说怪不怪，这咋办呢？"

电话那头的季校长说："嘿，这屁老头儿葫芦里到底装的啥子药？"

接着季校长又说："那狗呢？"

张伦国说："不知是哪个整的，好像那狗又活过来了……这会儿那狗还在季老头儿屋里。不，它好了以后，听学生说，它又从大门出去，绕学校围墙转了一周，不知是啥意思，后来又在学校门口停了下来，这会儿那狗又回到季老头儿屋里了。我刚才亲眼看见它从后门进去的。"

"那你买的是个啥子药？"

"买的啥子药？"季校长一下把张伦国问糊涂了，张伦国抬头看着天，"啥子药？啥意思？我没懂。"季校长在电话那头说："还啥意思？你真笨，平时你挺聪明的啊——说明你买到假药了啊。"

张伦国听到季校长如此说，赶紧反驳道："不可能！我是在车站出门王十金那里买的，我以前买老鼠药都是在他那里，效果好得很。"

"唉——好了好了，不说了，当务之急是那狗的问题，怎么办？明天上午九点钟检查团的领导就到了……"

季校长关了电话，往桌上一扔："真是的，太不像话，怎么人活到这个份上了都还没活清醒，我就不明白了。可悲，真可悲！"

电话响了，季校长拿起电话一看是张伦国来电，马上按下绿键问："啥子事？"

手机里张伦国说："季校长，你说买慢点的药，可能就是那药量轻了。还有我才听到我婆娘说，那狗遭毒了，是被几个村民用绿豆水灌了才醒过来的，那绿豆水是解毒的呀。"

"哎呀，好了好了，你怎么像个妇人家啊，说话啰啰唆唆的，我挂电话了。"

季校长挂了电话。

季校长叫何副校长直接去通知季明阳，说接上级保安公司通知，各校保安人员要优化重组，他因为超龄，已经被保安公司辞退了，叫他马上离开学校，顺便把狗牵走。

何副校长果真去季明阳的宿舍门前把季校长的话传达了。但后来何副校长还补充了一点："季老师，你别心里老是认为这就是你侄儿在和你过不去，要赶你走，说实话，要是换了其他任何一个校长，都会这样做的，而且比他还严。因为他是一校之长，他必须舍小家顾大家，希望您作为老辈要站在他的角度理解一下。唉——不说了，既是这样，你不想走，那就请你明天务必把狗拴在这屋子里，不准它出来，好不好？"

何副校长以为季明阳会马上起来去找季校长说个子丑寅卯，结果何副校长站了半天，屋里像没人一样安静。后来何副校长伏在窗前透过玻璃看了看，季明阳还是先前躺的样子，一点没变。只是那床下躺着的黑背警觉起来了，抬头望窗上叫了两声，一看是学校的人它就没有再叫了。

"这个老屁虫，简直太不受人尊重了！"何副校长站了半天，屋里毫无反应，他气极了，骂出这么一句脏话，走了。

这时黑背汪的一声，从后门飙出来，直奔何副校长。何副校长吓得"妈呀"喊了一声，本能地弯下腰去捡地上的石块。但黑背一个箭步，抢先在何副校长前边低头一口把那石块叼走了。何副校长被黑背碰倒在了地上，爬起来灰溜溜地跑了。黑背没有追，也没有叫，在季明阳的寝室外转了转，然后又钻进季明阳的寝室，钻到床下睡觉去了。

何副校长跑去校长办公室给季校长说："那狗疯了，那狗疯了，真的疯了，连我也咬，把我撞得跌了一跟头，裤子也破了，还是'九匹狼'的，真是的，昨天才网购的……要是今天去咬学生的话，那我们学校这下就出大名了。"

8

打狗。安保会上，季校长在下动员令，他说："同志们，养兵千日，用兵一时。现在学校遇上事了，就是季明阳牵来的那条狗。明天检查团就来学校了，他不牵走，刚才把何副校长也咬了，大家说，怎么办呢？"

"打死它！打死它！"下面的保安异口同声地说。

"你们有没有信心把那狗打死？"

"有！有！——"

学校的广播开始播放："各班的老师注意了，现在学校来了一条疯狗，目前保安正在处理，请各班教师把自己班上的学生看管好，在危险没消失之前，学生不要擅自离开座位走出教室……"

广播结束，整个教学楼轰的一声，同学们都吼了起来，接着老师的批评声传出，学校安静了。

这时保安个个身穿防暴服，手拿电警棍，啪的一声从各自的座位上站起来。何副校长说："出发！"

保安们步伐整齐，个个精神抖擞，雄赳赳气昂昂地出发了。

床上的季明阳仍然未动，但床下的黑背却动了，它望着窗外狂吠。何副校长手拿电警棍，站在伙食团门外的乒乒球台上，指挥着两个拿盾牌的保安冲上去，将季明阳寝室的后门堵上，因为平时那狗要从那里进出。

这时何副校长叫正前方的保安用竹竿从窗口伸进去戳，把狗逼到后门去，然后打它。但为什么不直接进季明阳的寝室去戳呢？其实季校长老早也这么想过：找两个年轻小伙，把保安的家伙带上，反正季明阳那后门也是没关的，摸进去，瞧它在哪里，钢叉一叉，电棍一击，哪怕它是警犬，也能保证一下就让它软瘫在地上。何副校长说："老大，不行，你想得太简单了。如果是这样，那你开始为什么不早这样，还叫张伦国去买药呢？"

季校长说："我刚开始心想季老头儿不听我话……我就想神不知鬼不觉地用药把这狗灭了，他也不知是谁干的。"

何副校长说："哪有不透风的墙……你也太轻敌了，你以为那狗是一般的土狗吗？你是吃过它的亏的，我也是吃过它的亏的，而且我明显感觉到，那狗根本就不是在咬我，而是在用它的肢体语言警告我，要是它真咬的话，我在网上查过，德国黑背属牧羊犬，内心非常沉稳，但其实凶猛得很，像狼一样，攻击力极强。就是说，假如它咬我……哎呀，我还能在这里说话吗？"

季校长说："也是，那狗打了我们两个各一次让手。"

何副校长说："不是狗打了我们的让手，而是季明阳打了我们的让手。"

　　这时季校长疑惑不解地望着何副校长："什么意思？为啥是季明阳打了我们的让手呢？"

　　何副校长说："你脑子那么灵，怎么就没想到呢？不信你现在查，这德国黑背有个最大的特点是，它只听一人的指挥。"

　　季校长说："那就是听季明阳的。"

　　何副校长说："对了，这黑背就听季明阳一个人的话。它犹如一台机器，它是全由季明阳一人操纵的机器。在之前这黑背是听季明阳兄弟的指挥，之后到了我们学校季明阳兄弟就把指挥权交给哥哥季明阳了，就是这个道理。"

　　季校长一拍脑袋，恍然大悟："哦——原来如此。"然后季校长往椅子靠背上一靠，手不自觉地慢慢向衣服口袋摸去："唉——这狗日的真可恶，本人是这里的书记、校长，分管全面工作，我分管全面工作了吗？干活累了，想抽支烟，我都还得要经过季明阳的狗同意才行，呸！老子非把那狗弄死不可！到时就别管我采取什么手段！"

　　这时何副校长站在乒乓球台上继续指挥："只要狗头在后门一出现，两边拿盾牌的保安就要像闸阀闸水似的把狗脖子卡住，然后就用电警棍猛戳。"下边的保安齐声说："好！"

　　其实这一切黑背在屋里听得一清二楚，后来见有人果真把竹竿从寝室前边的窗口伸进来戳它。季明阳的寝室就一间屋，里面厨房、寝室、卫生间都在这一间屋子里，只是厨房与寝室，寝室与卫生间之间各隔有一层布帘。黑背就趴在季明阳的床下。这时外边的人用竹竿掀开布帘直戳床下面。黑背翻身起来，直奔后门。一看后门也有人把守，有的还拿着盾牌和警棍。他们要干啥？为什么他们要这样？我干坏事了吗？黑背又一下躲进了季明阳的床底下。因为床底下有一处死角是寝室外边的人戳不到的。

黑背在床下待了一会儿，觉得这死角也不安全，因为后门是半开着的，只要有人用竹竿从后门戳进来，它就非常危险了。一刻钟不到，果然一根竹竿从季明阳寝室的后门戳进来了。第一下，还正好戳在了黑背的肚子上。黑背"呜呜"地叫一声，眼泪疼得都流出来了，它本能地一口咬住竹竿便哗哗撕扯起来。那竹竿没几下就被撕扯成了竹片子，黑背胜了。但黑背并没有沉浸在胜利里，它估摸外边的人还正在商量下一步将如何杀它的时候，黑背后脚一蹬，纵身一跃，从后门飘了出去。

出去一看，傻眼了，这些杀它的人都认识，他们的体味和长相都储存在它的记忆里，每次他们从学校门口经过，黑背都友好地向他们点头致意，怎么今天他们个个手上都拿着家伙要来杀它呢？

黑背目睹着这些对它虎视眈眈的人，已经围成了扇面似的墙，把它死死围在了中间。黑背很慌乱，它将前脚搭在墙上，整个身体贴住墙壁。这时何副校长站在那张乒乓球台上还在喊："快，把叉拿来，叉住它脖子，往地上按，按住不松劲，用电警棍戳，戳一两下，它就会趴下的。"

后来季校长也组织了几个年轻教师拿着长叉、木棒、电棍嗵嗵嗵跑来了。黑背一看，心滴血了，顿时天地翻转，电闪雷鸣，江河倒流……黑背发出"汪——"的一声，仰天哭了——

当大伙儿正七手八脚地在用钢叉、木棒、铁棍向黑背无情戳去的时候，黑背身子一跃，腾空而起，从一人的肩头上跳了出去。落地后，它并没急着走，它觉得这些山沟沟的人还真好玩儿，那么多人来拦截它一个，它是篮球吗？它不是篮球啊，要是篮球就好了。

何副校长这时又指挥全体保安向后转，背过身去。黑背一闪身，又从人们的头顶飞过，落到了原来"扇面"半径的那个圆心上。保安再次背转身去。黑背觉得没意思了，要玩儿就玩点儿新鲜的。于是黑背从文化墙的水池边跑了，跑下石梯，跑过操场，一看校门也是锁着的，看来真是为了"关门打狗"啊！接着，校园里喊声四起——"打呀！杀呀！"

首先是保安都跑到一起了，又一个扇形的包围圈在操场外的围墙下形成，接着是各种铁的、木的，还有高科技的东西都嗖嗖地向黑背刺去，刺出了火花，在水泥地板上刺出了深刻的记忆……黑背一跳，一纵，或一滚，都躲过了。黑背觉得这才像育人的学校嘛，好玩，刺激，有意义。黑背望天——笑了。

　　后来，保安们在何副校长的指挥下改变了战术，用棍棒打黑背会跳，于是改用火攻：也就是向黑背泼去汽油，然后点燃——看你有本事跳没！

　　黑背觉得这些人越来越不好玩了，燃成一片火，刺激，有激情，但119来了有意义吗？119属于部队编制，杀鸡用上了牛刀，打蚊子用上了大炮，有点好笑了。当保安们向黑背泼去第一瓢汽油的时候，它瞄准了一名保安的肩头，一跃，再跃，跃到了围墙上。学校围墙有三米多高，黑背想，你再高出一两米，也休想拦住我。

　　黑背在围墙上得意地走了两三米远，俯视着墙下的人，"嗯嗯"两声，意思是说："你们来呀，有本事来呀！用油泼啊！用打火机点啊！继续吧，努力吧，墙下的人们！"

　　墙下的人们没法了。

　　黑背再次感到了无趣，身子一弓，跳到墙外的地上，走了。

9

公路上开来了一辆警车。警车一停，门一开，跳下三位全副武装荷枪实弹的警察，其中一位指着学校门口的方向，说："注意，那疯狗就在校门的左侧，那——看见了，它还没走，还蹲在那校门边。"另一位说："哦，学生要进出，多危险啊！"

三位警察猫着腰，迅速散开呈一个扇面围了上去。

此时进学校大门的公路口已拉起了红色的警戒线，警察不准群众靠近，向人群叫着："快离开，快离开！"

后来，群众和接学生的家长都纷纷走开，走到了警戒线以外。不一会儿，学校那段公路上站了成百上千个看热闹的人。

学校的学生，已经是整整一下午都没有走出教室的门了，因为学校保安在打狗的时候，学校喇叭就通知了学生不能出教室。十多个班几百人，这时有的学生要解手了，急得"哇哇"直哭。特别是低年级的学生，有的就拉在了裤子里。老师也急呀，一是急学生，二是急自己，特别是有位胆小的女老师，她按住小肚子病蔫蔫地猫着腰打开半扇教室门探头出去一张望："哎呀！到底要多久才能结束啊？我的天！……"有个二年级的学生更搞笑，她把同桌的男生打了一巴掌，打得男生满脸是血。那男生就哇哇大哭着去报告老师，说那女同学打他。老师一看那男生满脸是血，情况太严重了呀！她就走过去问女生："你为什么打他？你拿什么东西打的，打得人家满脸是血？"那女生说："是他先打我，把我打出血了。"那男生说："我没打。"那女生说："你没打，那我好好的屁股为什么出血了？"老师一看那孩子的屁股，再看板凳，天！老师一下明白了。老师拉起女生就去办公室找到一位女老师要卫生巾，说这孩子来月经了。女老师说："不可能吧？这孩子才几岁呀？""八岁。"老师说。女老师说："怎么可能呢？才八岁。"老师说："现在的事情，只有想不到的，没有做不到的。因为现在的环境和以前不同了。"

老师的话音一落，几位老师便听到了学校门口嘈杂的声音，好像是说警察已将狗围住了。

黑背从围墙跳下地以后，它就把主人打它的事给忘了。其实也不是忘了，以前在服役的时候，它的主人经常对它这样训练，甚至更残酷，比如上吊或溺水，是训练它的肺活量，看能坚持多久；比如钻火圈、下绝壁，便是训练它的胆量；比如翻墙、跳跃，便是训练它的弹跳能力。所以对于这些叉叉、警棍、木棒、泼油什么的，算什么呀！算小意思了。相反，退役后好长时间没有训练了，在这里活动活动筋骨不是很好吗？黑背觉得学校就是比在乡下好，它爱学校。

于是黑背耸耸肩，摇了摇头，放松放松，在学校周围转了转，见学校外边没有什么新情况，就又回到学校大门口的旁边"站岗"去了。它站了一阵子，总觉得心里慌慌的，不踏实。黑背坐下来。坐了一阵儿，它看见公路上开来了一辆警车，下来了三位全副武装的警察，正在对它指指点点。但它也没在意，心想当年，我就是警察系统的一员，吃、住、参战，我们都是一起的战友。

后来黑背站起来，伸了个懒腰，无意间看见了正前方的三位警察正拿着电棍向它跑来。黑背迅速向学校后门方向跑，纵身一跃，跃进了学校围墙外的排水沟里，黑背爬起来就跑。

黑背从水沟跑上田坎，钻进一片菜地，转到了学校的背面，上坡，钻进学校后山的树林里去了。

10

第二天早上，季校长到校最早。他怕学校这里没做好，那里没做好，被检查出问题，才凌晨三点，他就清醒得睡不着了，翻身起来，打开电脑，把学校的情况介绍调出来看了又看，改了又改，生怕哪里出了一丁点儿差错，过不了关，又怕哪里做出了成绩却漏说了，腊肉盖在了碗底。他正改着，突然听到窗外一声熟悉的喇叭声，原来天已大亮，何副校长已开车来接他去学校上班了。

他上了车，车子发动起来，季校长在副驾驶位睡着了。他正做梦呢，他代表区教委到一个地方去检查，那学校好多漂亮的女教师穿着他们学校的服装，在校门口，手执三角旗，对他招手："欢迎、欢迎，热烈欢迎。"他正心旌摇曳，一下醒了，按下右边的车窗玻璃一看，天！检查团没到，怎么学校门外的公路上卖凉面、卖凉粉、卖泡泡糖、卖麻辣烫、卖羊肉串儿、卖火腿肠、卖冰糕的……如此之多，居然又成了一条小吃街了，这是怎么回事？

何副校长说："怎么回事，你还不知道吗？昨天在离学校一二十里的地方，学生一回家，派出所的警察抓住了黑背，把黑背杀了。所以狗一死，卖小吃的商贩就都又出来了……"

季校长气得直跺脚，检查团的领导马上就到了，一看到校门外有摆摊的，一样会认定学校不合格。季校长这时气得情绪有点失控，跳下车，就像农村泼妇一般乱骂人，他走过去一直用脚乱踢，把小贩的煤气罐推倒，箩筐踢了，竹篓踢了，桌子掀翻……叫他们赶快离开。

季校长走进校园，一看门卫保安，这么重要的一天，还一个个房门紧闭，他就在门上"啪啪"一拍，骂开了，叫他们赶快起床去驱逐外边那些狗日的摆摊的。

保安根本驱逐不动那些小贩。那些小贩说："我没摆在你校园里，这公路是你们学校修的吗？"

季校长急得直跺脚，像热锅上的蚂蚁团团转。现在狗走了，可以抽烟了，他把烟点燃，猛吸了几口，说："怎么办？怎么办呢？这些狗日的摊贩……唉——要是那狗还在就好了，老子把它放出去，吓死那些龟儿子……唉，有狗在，我又抽不成烟了。"

季校长掏出电话就拨给张伦国，叫他赶快到办公室来一下。张伦国飞跑着奔去行政二楼校长办公室。季校长说："这些小贩太可恶了，检查团来看见了能过关吗？"

张伦国说："那怎么办？"

季校长这时在张伦国的耳边叽叽咕咕了一阵，说："只有暂时采取这下下策了。"季校长意思叫张伦国去给校门外摆摊的头儿沟通一下，一个摊位学校给五十块钱，请他们马上撤离。

张伦国跑去学校门口一数摊位，二十个，都列队摆在了学校门口的公路两旁。张伦国走去便把那头儿"四拇指"拉到一旁说了季校长的意思。那头儿本名叫吴国，个子不高，一米六几的样子，方块脸，短脖子，歪嘴巴，一边脸上长着一堆横肉，那模样跟《水浒传》的蒋门神一个样儿。其实他也是这所小学的学生，家住学校旁边。父母死得早，叔叔婶婶也不管他，小学读了三年就辍学，之后就一直在社会上流浪，先是自己小偷小摸，后是教唆别人小偷小摸。有一次在偷东西的过程中，对方抓住了他，硬是用刀把他右手食指剁掉了。后来，周围的人就给他起了一个"四拇指"的绰号。"四拇指"听了张伦国的话之后把脸一沉，皱着眉头说："一个摊位五十块钱就打发了，你们是打发叫花子吗？"

张伦国又给季校长打电话，季校长气得把茶杯都摔了，但摔了茶杯还是解决不了问题。季校长一看时间，差一刻钟就到九点了，便马上吩咐张伦国灵活一点，不管多少钱，只要能把这件事摆平就行。张伦国高兴起来，因为他的老婆就在学校当保安，他就怕"四拇指"一伙社会杂痞来学校捣乱，对自己老婆的安全有威胁。张伦国本想一个摊位再加二十元，但一想不行，他知道"四拇指"这种人心是相当黑的，手段是非常狠毒的，杀人放火什么都能干。他怕"四拇指"一旦不高兴，麻烦会更大。张伦国想，不如再加五十元，反正这钱是学校掏的，又不是自己的。算下来也就是一个摊位一百块，二十个摊位两千块。

学校付钱以后，本想着小吃摊位应该都撤了，没想到的是，这"四拇指"拿着钱就往镇上跑，进赌馆打牌去了，根本没让摊贩撤离学校门口，这为学校惹来了更大的麻烦。当时季校长正在组织学校高年级学生和部分年轻女教师准备迎宾的时候，那帮摆摊的小贩，个个火冒三丈，气势汹汹地跑到学校门口来拍门，叫保安开门，他们要进学校去找季校长。

季校长当然不准他们进学校，并问张伦国："你是怎么办这件事的？"张伦国也气得七窍生烟，忙给"四拇指"打电话。"四拇指"不但不接，还把电话关机了。

然后那些小贩就耍横放下担子，撑开桌子，点上煤气炉，放上铁锅，开始熬麻辣烫底料了……季校长想报警，但觉得又不妥，那些小贩并没有进校园影响正常教学秩序。季校长再看时间，九点整，他打电话问教管中心，检查团的领导走到哪里了？对方说："已经出门，快了。"

季校长气得咬牙切齿："这怎么得了！这怎么得了！"季校长打电话叫何副校长出去一下。何副校长一看是季校长电话，就知道他要说什么话，心头想：你身为校长，先头你叫一个伙食团长去，你都不叫我，事情摆不平了，这才想起了我……何副校长回话说："昨晚十点刚过，我有两个学生从广州做生意回来，硬邀我出去喝夜场啤酒，我说我痛风喝不得。他们说，你那时对我们那么好，就是你不喝，来坐一坐，我们都高兴啊！去了岂有不喝的道理，坐下去，啤酒喝不得，喝白酒，几杯酒下肚，妈哟，肠炎又整犯了，这阵儿肚子疼得不行，我上着厕所呢。你另找人吧。"

编吧，装吧，让你装吧，妈哟，有好处就来了，你们这些……没一个好的。季校长这样想着。

这时张伦国给季校长建议："不如叫张术出去会会那个卖小吃的王婆婆，那王婆婆闹得最凶，只要她不闹，其他人都要好说一点。张术和王婆婆的儿子是非常好的朋友，他们长期是往来的。"季校长真就给张术打电话，请他出去给那闹得最凶的王婆婆劝一下快离开学校大门。季校长说："哎呀，张老师，当帮我一个忙吧，过后，我请你喝酒嘛。"

可是电话里头的张术却说："你们这群人啊，哼，有好处的时候就没有想到我张术，学校遇事了，就想到我了。让我干，你美吧——"

季校长气得跳脚，泪水在眼眶里打转，还不敢挂断张术的电话。张术是学校的骨干教师又是老同志，一句话——惹不起。

后来季校长去给保安小杨说："把门打开，我出去，看来只有我亲自出去给他们这帮人说好话了，要个人情看

113

行不行……"

小杨走去校门口开门。她把那拳头大的锁打开，季校长开门正要出去，这时突然听到后面传来了一声："季校长——你不急！"

季校长回头一看，是季明阳来了。他是来火上浇油添乱的吧。季明阳这时好像背不驼了，昂首挺胸，健步如飞，几步上前把季校长往后一拽："你别出去，这些人是蛮不讲理的，让我去。"

季明阳出去了，手指着那些小贩黑起脸说："你们一个个的要干啥？无法无天了吗？你们明明知道今天学校有上级领导来检查工作，你们不但摆摊，还乘人之危来拆台子，啥子意思嘛！如果大家不讲乡里乡亲的关系，要不认人，可以呀！你总有求学校的时候，到时大家都来互相拆台子好不好？"

季明阳这句话一出，一下把小贩们像电击一般震愣了，都傻乎乎地望着季明阳。

但过了一会儿，有人似乎清醒了过来，醒得最早的就是那个高声粗气的王婆婆，她说："你季老师再为学校付出，学校还不是要下你的'课'！校门都不准你守了。"

这一招还真灵，把季明阳的穴位点疼了。季明阳也像触电一般傻了，看着王婆婆，半天说不出话来。

但没过一会儿，季明阳就反应了过来，说："学校下不下我，关你啥子事？你少在这里挑拨离间！学校要下我总有要下的道理，你管不着。你要管，你回去把你自己的家人管一管吧。"

　　季明阳这句话厉害了。王婆婆的儿子外出打工，儿媳妇偷了村上加工坊的老板，前些天儿子回来抓了个正着。儿媳妇被儿子打断了两根肋骨，现在还在医院住院。

　　季明阳说到这里，他就点到为止了。但王婆婆不怕，她说："哦，你说我那儿媳妇哟，那东西长在她身上，她卖不卖是她的事，她想卖给谁也是她的事，与我有什么相关？"

 115

　　季明阳说："哎呀，不说了，检查团就要来了，你们快走，大家都是抬头不见低头见的乡里乡亲，何必嘛。不要只顾眼前这点小利益，今后学校老师对你们的子女管教细心一点，教好一点就比什么都强了，是不是呀？"

　　良言一句三冬暖。大家一听季老师说得对，说得在理，就散了。但是最后以王婆婆为首的三四个老太婆，家里没有子女在这学校读书，或者孩子在外地读书的，她们就不服，说学校凭啥要把钱给"四拇指"？她们没收到钱，她们就要在马路边上摆摊，难道犯法了吗？

　　季明阳说："你们'法'是没犯，但你们'违法'了，知道不知道？"

王婆婆说："我违法了？我违什么法了？"

季明阳一下把脸又沉下来说："你违什么法了？你摆的摊有营业执照吗？你卖的食品，经得住食品卫生监督局的检验吗？经不起检验，你们仍在卖，就是'违法'了，懂吗？"

"我，文盲一个！不懂你那些法不法的。我卖东西咋啦？我卖东西老不哄，少不欺，一分钱一分货。我又不像有的人乱要价，要吃人的。我怕啥？你就把工商局的人请来我也不怕。"

"真不怕？"

"真不怕。"

季明阳掏出教书时上体育课用的那只口笛，放到嘴上"滴滴"一吹，那尖厉的号令声顿时划破了山村的宁静。远远看到学校后山上树林里的一个黑影，"汪"的一声从草丛里腾起来……此时大地上好像风驰电掣般响起了奔跑声——是黑背朝学校大门口奔来了。

王婆婆见状，赶忙收她的东西，对她的同伴说："喂，快走——那狗日的瘟狗还没有死。"

季明阳看着那些挑着担子、背着背篓的小贩走得没了影子之后，掏出口笛，放到嘴上，面对学校的后山又"滴滴"一吹，意思告诉黑背，没事了，你回吧。

11

学校对面山的公路上响起喇叭声了，这是片区教管中心工作人员在陪同上级领导时，故意在那里给学校传递的暗号——领导快来了。

季校长掏出口笛一吹，手指着操场上整装待命的老师们说："来了，来了，快点，快点……负责会议室的再去检查一遍，看看录像机、台布、椅子、话筒、花瓶、烟、糖、茶、水果……都准备好了没。水果要削好皮，切成瓣儿，插上牙签，放在水果盘里，要整整齐齐……负责迎宾的要分成左右两排，从校门口一直要排到公路边上去，右手拿小红旗，见领导来了，再举上头，面带微笑说：'欢迎、欢迎，热烈欢迎！欢迎、欢迎，热烈欢迎！'"

下面的人齐声说："好！"

车队从学校对面的山坳里冒出来了，下坡就到学校门口了。这时季校长正带领他的校级领导站在迎宾队伍的最前边，已经看见车子了，一共四辆小汽车，但不知哪辆是检查团领导的车。季校长此刻的心咚咚、咚咚直跳，好像有个什么东西就要从他嘴里蹦出来。但蹦到喉咙口时却又被噎住了，上不去。当检查团的车马上开到季校长身边的时候，季校长的眼睛突然翻白发直，手脚抽筋，像癫痫病发作了一样，人站立不稳了，就要往下倒。这时身边的何副校长一看不对，三步并作两步跨过去，将手从季校长的身后伸过去搂住了他的腰，让季校长保持站立。

四辆车呼的一下从季校长的身边开过去了，去了上头季家的方向。

何副校长用力一掐，季校长嘴里喊着"哎哟"，醒过来了。季校长醒过来后，马上"呸呸呸"吐了几口车后扬起的灰尘。回头一看，见他身后的迎宾队，个个女孩都还在摇着手上的小旗子喊着："欢迎、欢迎，热烈欢迎！欢迎、欢迎，热烈欢迎！"

季校长说："你们一个个怎么这么傻呀！人家刹车都没踩一脚，头都没探出来看一眼，你们还在这欢迎啥呢！"

方丽的焦虑

1

方丽把手放在覃磊的头上，摸了摸，柔柔地说："那天是老师不好，对不起啊。"

那天方丽走进教室，班里那天的值日生喊起立，大家同时站了起来，齐声说："老师好。"而唯独倒数第一排的大个子覃磊就伏在桌上跟瞌睡虫似的不起来，在课桌下面跷着二郎腿，还在不停地抖，一副没把老师放在眼里的样子。方丽的脸瞬间拉了下来，本该说同学们好，却没说，她将手一压，示意大家坐下。方丽走了下去，发现覃磊正闭着眼，耳朵里还塞着指尖大的耳机，他还在享受音乐，身体随着音乐的节拍像毛毛虫似的在一拱一拱地律动。方丽伸出手顺着他颈上的白线顺藤摸瓜地一提，低头问道："好听吗？"

要是一般学生遇上这情况，就闷葫芦一样不吱声了，但覃磊不，他嬉皮笑脸地望着方老师说："嘿嘿，好听。"

"现在你该做啥了？"

覃磊摇头说："不知道。"

方丽又问："我是来干啥的？"

覃磊仍然摇头说："不知道。"

方丽一下来气了，说："你是学生啊，居然不知道你来学校是干吗来的！你什么都不知道，就知道享受！"

这是上午第一节课。老师一般都知道，全天的课，就是上午第一二节课的效果最好。方丽不想因为一粒老鼠粪脏了一锅粥，她叫覃磊去老师办公室站好，慢慢享受。

覃磊站起来，笑嘻嘻地左右环视一下，然后大踏步地向教室外走去。到了老师办公室，覃磊一看老师们都上课去了，空着那么多的位置，他一阵狂喜，像孙悟空上了天庭，看到样样都稀奇，这里摸摸，那里翻翻。覃磊去每位老师的藤椅上都坐了坐，翻翻书，看看学生的本子，像老师那样用指头蘸点口水翻页，然后拿了支老师的红笔在本子上打勾画叉。最后他坐在了语文老师方丽的藤椅上，把一条腿抬起来放在了另一条腿上，头跟着耳机里的音乐的节拍，鸡啄米一样一点一点的。

下课后，方老师回到办公室，问覃磊："你的MP3（一种音乐播放设备）哪来的？"

覃磊说："老师你错了，你犯了个知识性的错误，我这不是MP3，是MP5（一种音乐、视频播放设备）。"

方丽瞥他一眼，气不打一处来，心想：我教书这么多年，这是第一次在办公室当众受到学生的指责。方丽在桌上猛地拍了一巴掌，说："你了不起了，你那还是MP5？哪来的，说！"

覃磊不以为然，耸耸肩，双手像鸭戏水似的划几下，学着外国人说中国话的腔调回答："我买的，难道不可以吗？"

办公室门口已经堵了一大堆学生，有的指着覃磊说："他身上有很多钱，净是一百元的钞票。"方丽一听，吓了一跳。她生气又担心地叫覃磊赶快把钱拿出来。

覃磊面不改色地掏了出来。果然都是大面值钞票，总共有五张。也就是说，加上买MP5的钱，他身上最近至少有近千元。覃磊说这些钱是他大人给的压岁钱，难道用压岁钱买东西也违反规定吗？

方丽听到这句句刺心的回答，气得咬牙切齿，脸都绷紧了，恨不得给他几巴掌。覃磊原是县城中学的一名优秀初中学生，因为上网、赌钱等原因被学校开除了，后来，通过关系转学来到了土门乡中，插班到了方丽的班上。

方丽觉得奇怪。覃磊父母离婚，母亲在广州打工，已经另嫁他人，父亲因离婚，心情低落，长期在街头、茶馆打牌成了混混，身上就没有钱。覃磊寄居姥姥家，这又不是开学交费的时间，他哪来那么多现金放在身上？退一万步说，就是压岁钱，家里大人也不可能把上千元的现金放在一个十四岁孩子的身上，更何况他家也不是很有钱的人家。

方丽打电话请覃磊的姥姥来学校。

姥姥站在老师办公室，说："压岁钱，近千元？天！哪有那么多，几十块还差不多，这娃儿，就会说谎。"

覃磊觉得姥姥在老师面前扫了他的面子，捏紧拳头，瞪着那双铁蛋似的鼓眼说："你记不住了，你的记性真差！"

"好坏的孩子啊！对老人都是这种态度。"方丽从藤椅里一下站起来，奔过去，叫他把MP5拿出来给他姥姥看看。但覃磊双手按住口袋，就是不给。方丽气得将手伸进覃磊的上衣口袋掏。覃磊死死捏住不放。接着，咔嚓一声，是MP5坏了的声音。覃磊的脸煞白了，一字一顿地指着方丽说："你——要——赔——我！"方丽说："坏了，活该！"

2

覃磊一拳打在了方老师的额头上。方丽本是弱女子，怎经得住覃磊的一拳。覃磊虽然实龄只有十四岁，但个头都一米六八了，看上去像十七八岁的青年。方老师坐在地上，眼泪止不住地往下流。这时办公室里所有老师都傻了，学生为什么会打老师？自土门乡中建校以来，这还是第一例呢。此时在一旁看了半天的副班主任文栓老师走过去，一把将还要上手的覃磊箍住。覃磊的姥姥也走过来，挡在覃磊和方老师的中间，姥姥拉着覃磊的手说："你这惹天祸的啊！"覃磊依然红着眼想要从文栓老师的手臂中挣脱出来，指着方老师说："你赔我！"

姥姥给覃磊跪下了，办公室一下安静了，大家都被姥姥的举动吓住了，办公室的老师将姥姥缓缓拉了起来。覃磊傻眼了，停住了手。

全校炸锅似的议论开了。

校长办公室里，校长抓着覃磊的肩膀推拉了两下。覃磊嚷着："校长打人喽！校长打人喽！"

校长脸都气青了，气愤地说："你小子居然敢打老师，按规定，你被开除了，你本来就不是我们片区的学生，是看在你舅舅是我学生的分上，我才收的你，没想到你居然打老师。"

覃磊一听舅舅二字，立马不吵不闹了。他突然回过神来，一下跑到姥姥面前，一头扎进姥姥的怀里，像受了天大的委屈似的哭了起来。

覃磊哭得姥姥心疼了，姥姥一把抱住覃磊，把他的衣领解开，在覃磊的肩头上看了又看，手在校长推拉过的地方，揉了又揉，好像校长推得很用力似的。安抚过覃磊，姥姥用眼睛瞪着校长，指桑骂槐地说："叫你听话你不听，打得好，我还要请校长打呢。"

校长把覃磊从他姥姥的怀里拉过来，叫他站好。校长问："你的钱到底哪来的？"这时覃磊那高昂的头低下了，肩头也不耸了，蔫不拉唧地说："我捡来的。"

办公室所有老师的眼睛都对视了一下，方老师开口说道："嘿！怪了，先开始说是压岁钱，现在又说是捡来的了？"

前后一分析，校长还是觉得覃磊这钱有问题，于是就把覃磊的姥姥请到办公室外边的走廊上。

校长问覃磊的姥姥："覃磊的钱，到底是怎么回事，您知道别的情况吗？是不是在哪里偷来的？"

覃磊的姥姥一听，立马颤了一下，说："不不不，他不可能偷，怎么会偷呢！校长你莫乱说，我家祖祖辈辈穷是穷，但就是日子过得揭不开锅，都没有谁去当过小偷。"

校长抿嘴笑了一下，又问："那您说，他在哪里捡的？"

覃磊的姥姥望着天，思索了一下，说："咦，听他说，那天好像是在你们这学校外边的公路上捡到了钱。但我以为数额不大就没再追问。"

"好像是。"校长默默念着这句"好像是"，走进办公室，把覃磊拎到窗台边，悄悄在他耳边问："你的钱到底是在哪里捡的？"

覃磊说："我是在姥姥家门口那渡桥下捡的。"

说实话，覃磊姥姥家所在的生产队的沟沟壑壑，哪里有块石，哪里有个凼，哪块田大，哪块田小，根本蒙不得校长。因为原来校长在覃磊姥姥那个村教书，学校就设在那个生产队。十几年，那个队的山山水水，校长了如指掌，覃磊说那渡桥，现在茅草都长得像人一样高，根本没有路，哪有人会在那里丢钱呢，这岂不是又在编故事吗？

校长说："是吗？"

覃磊说："是。"

"真是吗？"

"真是。"

校长真想戳穿他的谎言，但又害怕他是因为什么不得已的理由才说谎。贸然揭穿他，害怕给覃磊的心灵带来打击……校长忍了，只是抬头望着窗外长长叹了一口气，说：
"唉，现在的学生难教啊！"

3

覃磊一连四天没到学校了。文栓心里特高兴，因为班
上太平了，说不准期末时班上还能被学校评为"文明班级"。
如果评成了文明班级，按规定，文栓是副班主任，就可获
得教学流程管理奖一分。别看一分不起眼，是钞票一分掉
在地上还没人捡，如果调资晋升，这样一分按那年的文件
规定就可抵上五年的工龄。五年，不是个小数，会超过很
多同校的老师的。

说来，出现这种情况，都是因为学校教师太多，晋升
的名额太少，成了僧多粥少的局面。可什么职称、什么基
础绩效、什么奖励工资等，都与方丽无关。因为方丽是代
课教师，就是临时工的意思，随时都有下岗的可能。

这里方丽把覃磊这马蜂窝捅着了，被蜇了一下不说，
覃磊又几天不来上课了。说实话，冷静一想，方丽觉得自
己也有不对的地方，首先不该粗暴地将手伸进覃磊的口袋，
而且还把覃磊的心爱之物弄坏了，还说不赔人家。根据教
育心理学的解释，教师应理解学生的心情，掌握正确的教

育方法。孩子在这个年龄段正处青春发育期，而青春发育期的学生就有许多特定阶段的特点，如爱打闹、喜欢异性、自尊心较强、喜欢玩电子产品等，如果当老师的不注意把握教导的分寸，学生的心理就很容易出问题，若弄不好还会出大事。

方丽将自己的疼痛和愤怒都忍了，她觉得这事很大程度上是她造成的，她也怕覃磊出什么事。

文栓去倒开水，他看见方丽的杯子也需要续水，就献殷勤似的顺便拿起去接水。他刚把自己的水杯接满，手机就响了，响了没一会儿就不响了。

文栓从裤兜拿出手机，瞟了一眼屏幕，对方丽抱歉地说："对不起，只能你自己倒水了。"文栓把杯子又放回方丽的桌上，匆匆出去了。

方丽一本作业还没改完，文栓就匆匆走进办公室，说："不好了，不好了，那家伙出事了。"

方丽触电般抬起头，问："哪个家伙？"

"还有哪个家伙，覃磊啊！校长叫你赶快去他办公室。"

方丽的心一下提到了嗓子眼，扔下笔就走。

校长办公室坐着一个满脸烧伤，整个面部呈红色的男人，看上去非常吓人。但他吓不了方丽，她知道男人叫覃少阳，是覃磊的父亲。那时覃少阳和张玉霞耍朋友（谈恋爱）

的时候，方丽就认识他了。据说覃少阳退伍后被分配到一家工厂开汽车。他为了多挣钱，在路上开箱卖油，谁知，他嘴上叼着的纸烟的火星掉到油箱上，车子轰的一声燃了起来，气浪把他冲进了路旁的水沟里，才保住了他这条命，但也落得现在这个样子。

覃少阳见了方丽，拍着藤椅的扶手站了起来，说话吐词不清，他说他依张家的称呼就应该叫方丽老师为表妹了，他说他记得那年在吉林当兵的时候还给方丽的父亲带过一件大衣，他说他的孩子不争气，惹老师生气了，对不起。方丽指着自己的额头，半开玩笑地说："光是个对不起就了事了吗？你看你的儿子，好恶，一拳打在我额头上。过去几天了，这一大块都还是青的。你看你赔我点啥呀？"覃少阳一边骂着"小兔崽子"，一边给方丽赔着不是："表妹啊！家里出了这么个孽障没法呀，那天校长说了不是要开除他吗？这下好了，他怕到学校反而跑了，现在杳无音信，不知是死是活。"方丽紧张起来，问："不会吧，当时覃磊不是跟他姥姥一起回家了吗？"

"是呀。可这娃是一路哭着回家的。到家以后他姥姥上山去挖野菜了，回来就不见娃了，直到现在都没看到人影呢。"

校长脸上的平静逐渐消失了，他用眼睛觑着方丽。方丽反问道："表哥，你为什么当天下午不向学校报告，现在都过去四天了才说？"

覃少阳的红色疤脸由红变黑了，说："我们一直在找啊，心想只要找着了就不麻烦你们了，可是没找着啊！……"

校长听出了覃少阳说话的意思，急了，说："老覃你请坐，别急，有话慢慢说。"校长平时都是很傲慢的，这时他也忙着找钥匙开抽屉拿烟，说："他能去哪里呢，这几天热，有没有可能去塘堰洗澡啊？"

覃少阳这会反而傲慢了起来，接过校长的烟，不客气地放到嘴上。校长给他点火，他硬是头都不低一下。烟点着后，他只管像老爷似的吸，瓮声瓮气地说："就是不知道啊。"

4

校长终于把覃少阳打发走了，覃少阳离开时开的条件是学校帮他找人。

覃少阳刚下楼，校长就黑着脸转身走进办公室，开始批评方丽："方丽，你是怎么搞的嘛，要是这学生出了什么意外，怎么得了！"

方丽更是想不通，自己教了十多年的书，经过的校长三四个，教的学生成百上千，还从没被学生打过。这次你校长自己关系收的一个插班生，打了老师，还责怪老师是怎么搞的，她还想问你校长是怎么当的呢？难道学生是人，老师就不是人了吗？

方丽想申辩。校长手一压，说："别说了，还不快去班上问问学生，看覃磊平时爱去哪里。"

在班上调查的结果是——现在所有学生都爱去的地方——网吧，大家都说这家伙爱上网，一定是网瘾发了，才找了这个公然逃学的理由。方丽叹了口气，说："忙了半天，总算找到方向了。"但她还是揪心，毕竟这只是学生们的猜测。

方丽窝着一肚子火回到办公室，愁眉苦脸的。自从老师被打的消息在校园传开以后，这次学生失踪，又引起了第二次轩然大波：有对方丽表示同情的，觉得一个女老师，又是临时代课，连学生都欺侮人家，太不像话了；也有幸灾乐祸的，觉得方丽处处表现积极，创优争先，哼，这样下去还争啥；还有人见了方丽，只抬头望一眼她，抿嘴笑一下，啥话也不说就低头走了的这种"闷罐"，这种人更可气，因为你不知他葫芦里卖的是什么药。

方丽第二天赶上最早的一班车进城，她觉得这个点网吧肯定没开门，就去路边的一个小店吃了碗面。吃完面后，方丽就开始了地毯式的搜索。她搜索的第一个目标是——迷你网吧。

方丽走上网吧的台阶驻足一看，网吧大门的左上角有块两指长的铝质牌子写着——未成年人禁止入内。方丽想，你骗鬼呀！不是未成年人进你这地方难道是成年人进你这地方吗？方丽凑近大门听了听，里面什么声音都没有。方丽抱着试试看的态度，用手敲起了门。门一下子就开了，里面并没有开门的人，只是出现一块红色的毛毯样的门帘。

方丽听到了里面一阵噼啪噼啪手击打键盘的声音，撩开门帘一看，天！是间起码比两间教室还大的屋子，这么早，一排排的就已经坐满了，男的女的都有。屋里一股热浪扑面而来，混杂着汗味和酸臭气。方丽扭头吸了一口门外的空气，然后又继续向里扫视，希望覃磊的身影会在这里出现。但里面的光线太暗，还有人头都在显示器后面，有的戴着耳机，有的头低得很低，难以辨认。同时方丽又不知怎么进去，她以为进这里像进电影院或者进公园一样，首先是买票，然后凭票进去。但这家网吧在哪里买票呢？

方丽退出来，正东张西望时，一个年轻的女孩追出来问她是不是要上网。她不知道怎么回答，如果说不上，她是不是会赶她出去。如果说上，她又确实不是来上网的。

女孩将她上下一打量，看她不说话，就有点警惕了，

131

问方丽："你是来找人的？"

方丽看她谨慎的样子，心里底气就足了，善意地撒了个谎："我是来找我儿子的。"

女孩不再问了，走进去又坐在了吧台上。

方丽一看女孩不问了，就径直走进了网吧。经过这进进出出，方丽的眼睛已经适应里面的光线了。她一排一排地挨个儿地瞅，发现这些上网的几乎都是孩子，大的十几岁，小的还不到八九岁，她的心一阵不安，怎么这么多孩子上网啊，看起来都是学生，怎么不去上课呢？

方丽看了一排又一排，发现有个孩子的背影有点像覃磊，她走过去用手在他背上拍了一下。那男孩回过头，瞪了她一眼，表现出极大的不满。方丽赶紧说："对不起，认错人了。"

看完了整个网吧，没有覃磊的身影，方丽有点失望，她站在门口发了会儿呆。那女孩又过来了，说："没有吧？"

方丽板着脸说："姑娘，你这大门上张贴的'未成年人禁止入内'，我看你生意那么好，应该把这牌子改一下了。"

姑娘用嫩白的细手向上推一下眼镜，浅笑道："怎么改？"

方丽说："删一个'未'字就行了。"

姑娘嘴一撇，把方丽从上至下再次扫视一遍，极为不满地说："你管得着吗你？哼……多事！"姑娘的手在那水蛇腰上一叉，腰肢一扭一扭地又向吧台走去了。

方丽不敢再说了，怕惹火烧身。自己是个啥呀，教书的临时工而已。

方丽放弃了在这家找到人的希望，向下一家走去。但回头再看这网吧的名字——迷你，觉得真有意思，她想，至少这是个文化人起的名——你到这里来，不上课，荒了学业，毁你一生，不迷你，迷我吗？

方丽这天还没走完县城东关的网吧，天就快黑了，无奈之下她只好回家。连方丽自己也不知道自己走了多少家网吧了，几乎每一家网吧都坐满了孩子，看得她简直触目惊心，心想，这些都是上学的适龄儿童啊，老是这样在网吧坐下去，未来该怎么办啊……

回到家，方丽心情更加烦躁。校长打来电话，问："人找到了没？"她说："没有。"校长说："你明天接着找，课我让教导处给你调一下。"方丽想，调不调还不一回事嘛，反正自己的课是自己承包的。

方丽让班上所有学生把她的手机号码写在手上，如果有覃磊的消息，不管什么时候都可以给她打电话。方丽还把班上平时和覃磊混在一起的几个男生叫来，晓以利害，希望他们能提供点覃磊的线索。但方丽办法用尽，他们就一句话："不知道。"

文栓问校长："方丽找覃磊的结果如何了？"其实他自己早问过方丽了。他之所以去问校长，除了趁机告诉校长他也在不停地找覃磊外，他还有自己的想法，意思说班上的学生出了事，他作为副班主任也着急，也在跟着找，在支持班上及学校的工作。

他说："凭方老师一人找，是很难找到的，明天是星期六，不如我们发动全校老师都出动去找一找，这样也许能找到。"

校长犹豫了一下，说："也好。不过，有些老师不一定认识覃磊啊。"

文栓说："这点我已经想好了，让我班里的同学也去，一个老师带一个学生，地毯式搜寻，不愁找不到。"

校长笑着点了点头。

星期六，整个土门乡中的老师都做了一次"警察"，他们一人带一个学生，在事先说好的区域内搜寻覃磊。有的进县城，有的去附近的乡镇，当然寻找的地点主要是网吧。

可是，文栓这样的主意却让很多老师大为不满，他们说谁肇事谁负责，凭什么把我们的休息时间也搭上。当然他们也只能把怨气藏在心里，不敢公开抵触，因为这也是学校的工作。

文栓自以为高明的主意结果却仍然一无所获。不知道是不是有人给覃磊通风报信了，还是他根本就没去网吧，老师们把县城和附近乡镇几乎所有的网吧都寻遍了，就是没见覃磊的影子，倒是把老师们跑得个个怨声不断，都把矛头指向了文栓。有的说，都是文栓那"凫上水"出的馊主意，他做好人，让我们受累；有的说，这也不全是文栓的主意，本来就是我们"老大"的安排。

　　文栓也在独自一人寻找，寻了半天，除了不断碰到其他老师外，一点消息也没有。他给方丽打电话，告诉她老师们全出动了。方丽在电话里不断地感谢他。文栓哈哈地笑着说："现在除了你，别人都在骂我啊。"方丽沉默了。文栓知道，方丽的沉默这是自责，赶紧说："其实是校长的意思。"

　　寻了一天，什么结果也没有，校长说："算了，大家都回去吧。"

5

　　方丽回到家天已经黑了，她以为女儿圆圆在家已经煮好了晚饭正在等她回去吃呢。圆圆今年十一岁，在土门中心校读小学四年级。爸爸外出浙江打工，母亲在土门乡中代课的情况使得圆圆非常能干，独立生活能力非常强，在家里几乎成了小大人，七岁就开始学煮饭和做家务了。这天方丽走得腰酸背痛，饥饿难忍，以为女儿已经把饭菜搬上桌了，推开门，叫了声圆圆，但没人应。方丽以为圆圆贪玩去下头院子玩游戏去了，决定等会儿还要好好批评她才是，因为人走了，不锁门，灯亮着，怕万一贼溜进屋怎么办？

这时圈里的猪，一听是主人的脚步声，就前脚搭在圈板上，像个人样地站起来，尖尖地叫。方丽一看屋角，背篼里装有苕藤，她知道这是圆圆放学回家后，又去山上割的。方丽抱了一把苕藤，甩进猪圈，骂道："饿死你了！真没道理。"

方丽推开厨房门，灯也亮着，而且锅里还冒着袅袅白气。圆圆居然在灶前的木椅上睡着了，椅上还放着书、本子和笔。圆圆的头枕在手臂上，一张小脸红通通的，嘴角还流着口水。

方丽震惊了，一看锅里的饭并没有熟，这就说明了圆圆在一边等饭好，一边做作业。结果太困了就睡着了。其实睡着并没什么，可怕的是孩子在火还在灶台中烧的时候睡着了，而孩子在柴灶煮饭，柴灶不同于炭灶，因为柴灶随时都要添柴，而圆圆的身后又是一大堆见火就着的柴火。就是说，圆圆居然在这重重危险中睡着了。如果火苗一不小心蹿了出来，烧着了旁边的干柴火，后果将是不堪设想，到时哭也哭不转啊！

方丽觉得圆圆好可怜呢，像个没娘的小孩一样，方丽眼眶一热，泪水就滚出来了。

方丽喊着圆圆，又去摇动，可圆圆就是不醒。无意间，方丽的手碰到了圆圆的脸庞，老天，简直烫得吓人呢。就是说，圆圆发烧了。

方丽连忙把圆圆抱去床上，一测体温，39.5℃。方丽急了，这肯定要去医院啊！可是乡医院太远，就是送村医疗站，也要走五六里地。而且这医疗站的条件太差，医生也是个扶着墙壁走路的残疾人。医生姓李，李医生医术是不错，但就是不讲卫生，办公桌、药橱、墙壁、电扇、凳子到处都是灰蒙蒙、脏兮兮的。

但这晚方丽的确是迫于无奈，一点办法都没有了，为了赶快给女儿看病，她只得拖着疲惫不堪的身体强打精神将孩子背在了自己背上，走走停停走了五六里地，终于走到了村医疗站。但十点钟不到，医疗站的灯就全灭了——李医生肯定睡了。

方丽拍着门叫着李医生，叫了半天，楼上的灯才亮。方丽又等了半天，李医生才从阳台上探个头出来问："哪个在敲？"

方丽背着圆圆，仰面对着楼上的李医生说了圆圆的情况，又等了一阵，李医生才趿着拖鞋，扶着墙壁慢慢从楼上一瘸一拐地下来。一测体温，圆圆烧到 40℃ 了，而且嘴角不停地抽搐，眼珠往上翻，挺吓人的。李医生说："怎么不早点送来呢？你看都开始抽筋了。"方丽一听抽筋，就哭了。

李医生问方丽："孩子生病前都有哪些征兆，如感冒，或者拉肚子什么的。"方丽摇头表示不知道。医生一下有点生气了，说："你这人才糊涂哟，现在都一个娃，带这么大了不易，你那教书能挣几个钱嘛。"

方丽无话可说，哭得更凶了。

后来方丽拨通了远在浙江打工的丈夫的电话，说了圆圆的病情，孩子正在抢救，叫他马上打点钱回来。丈夫在电话里说，他们是一年结一次账，平时都只能是借点生活费。方丽说："难道孩子生病都不可以多借一点吗？"丈夫说："你还说我呢，那你那么拼命地给学校干，你去向学校借啊。"方丽说："我们是代课，人家学校每月是按时发了工资的，我不好意思去借。"丈夫最后劝方丽不要再干了，把孩子的病治好后，让她娘儿俩就去浙江，一家人在一起，好安排生活。方丽说："我考虑一下再说吧。"丈夫故意说："你如果真不来，到时我还是出去乱整喽。"方丽一听"乱整"，音量一下提了起来："嘿！你别'乱整'，小心我休了你！"

李医生都被逗笑了，劝道："要不得，一家人还是好谈好商量，他要你去你就去吧，时间长了，他总是需要你吧。"

方丽不吭声。

这时圆圆睁眼了，望着输液瓶中的药水一点一点地滴，圆圆说："妈妈，这是在哪里呀？"

方丽高兴万分，叫她先别说话，好好休息。

圆圆的体温降到38℃了。方丽心中悬着的石头着了地，同时也对这个一瘸一拐的残疾医生有了好感。在深夜两点的时候，圆圆的体温完全正常，人也精神，话也多了。这时方丽的话反而少了，大汗淋漓地倒在木椅上，用拳头顶住了自己的肚子。圆圆问："妈妈你怎么啦？"

方丽没有吱声。

圆圆被吓住了，马上叫："医生叔叔，请赶快救救我妈妈，我妈妈病了！"

李医生又从楼上扶着墙壁一瘸一拐地急走下来，一把抓住方丽的手，一摸额头，问："哪里不舒服？"方丽用微弱的声音说："我心头发慌，难受啊。"

李医生给方丽打了一针。

方丽好多了。原来方丽猛然想起，可能是因为劳累过度引起的，今天整整忙了一天，就早晨吃了二两面。

6

第二天是星期天，方丽还没起床，文栓打电话来了，说："校长刚才打电话，你关机了。那家伙有下落了。"方丽一下跳起来。文栓停顿了一下，继续说："那家伙出了点问题。"

"出啥问题了？"方丽迫不及待地叫起来。这几天覃磊的出走把方丽搞得神经都快绷断了。

"车祸。"文栓尽量把问题说得轻松些，但方丽还是被吓得不轻。听到"车祸"，不是头破血流，就是少胳膊断腿的，否则，他会这样一惊一乍地打电话过来吗？

文栓在那头听出了方丽的紧张，赶忙说："他不要紧的，你别紧张，只是右胳膊骨折了。"文栓又补充了一句："这又不是你的错。"文栓这一点，的确使方丽轻松了许多，方丽又不是制造车祸的司机，说个不多心的话，这与方丽又有什么关系呢？

星期一早上，方丽到校时，覃少阳已经又坐在校长办公室了。这时他对方丽说："表妹，我儿子被你整惨了！"方丽一听，问："你说啥？"覃少阳没再说了，一屁股坐在了校长的藤椅上，脸黑透了。

校长赶忙招呼道："别激动，有话慢慢说。"

"你说怎么办吧？"覃少阳望着方丽说。

"去找肇事司机啊。"方丽说。

"车跑了。"覃少阳答得很轻松，一点也没有因为肇事司机跑了而愤怒。

屋子里的人都沉默了。校长死死地盯着方丽。方丽几次都想脱口而出，覃磊出车祸与自己到底有啥关系嘛！但看见校长那眼睛，又看见校长对覃少阳一下烟一下茶的，像对待领导一样的服侍，方丽就没好开口了。校长说："你先给孩子看病吧。"

"我没钱。"覃少阳手一摊，语气很重地说。

方丽恍然大悟，覃少阳是为这目的来的。校长打了个电话，叫来了学校的出纳，叫出纳先给覃少阳从学校账户出两千元。出纳点点头，从办公室出去了。

不一会儿，出纳拿了两千元的现金进了办公室，将钱递给了覃少阳。

校长像哄小孩子似的说："你先拿去给孩子看着吧。"

覃少阳脖子一梗一梗地噘着嘴走了。校长回转身走进办公室一下就发起火来，"方老师，你都是老教师了，怎么给我惹这么大个麻烦？这事如果让教委知道了，事情是因你粗暴的教育方法引起的后果，怎么得了！"

方丽觉得这就怪了，学生打了老师，老师要求学生在全校学生大会上赔礼道歉，校长说考虑考虑再说，现在学生从家里出去闯了车祸，还是要怪学校老师……这书简直没法教了！方丽想到昨晚与丈夫通话的情形，她觉得该是时候考虑离开学校了。

下午，校长安排方丽和文栓去医院看覃磊。文栓气愤地对方丽说："我们凭啥要去看他？"

在校长背后，文栓话是这么说，但他还是和方丽一同去了。

覃磊躺在县医院的骨科病房里，右胳膊被上着夹子。方丽和文栓进去时覃磊正在睡觉，床边没有护理人。

文栓站在远处，不想走近覃磊。方丽走去，没叫他，只是将手里提的水果、牛奶和饼干轻轻地放在病床前的小桌上。

方丽看着覃磊，发现他脸上满是痛苦的表情。方丽伸手，轻轻给覃磊掖了掖被子。这时覃磊醒了，他看着方丽，惊讶的表情一下覆盖了面部的痛苦，张着嘴半天不知说啥。

"还疼吗？"方丽轻轻地问。

覃磊没说话，不知是他不想说还是不愿说，只见他扭过头看着窗外，长久不眨眼。

文栓认为覃磊还在记仇，走过去，说："覃磊，你知趣点儿好不好？你对不起老师，老师反而还提东西来看你。

你要知道感恩啊！"

　　方丽回头看了一眼文栓，文栓也就趁势转过身出了门，在走廊里走来走去。方丽把覃磊床上的被子往里塞了塞，挪出巴掌大的地方，坐了上去。方丽把手放在覃磊的头上，摸了摸，温柔地说："那天是老师不好，对不起你啊，把你的 MP5 弄坏了，到时我赔你一个。"

　　方丽的主动道歉让覃磊措手不及，他哇的一声哭了，他说他才是真正的对不起老师。覃磊一边哭，一边使劲扯着自己的头发。这个一向把什么都不放在眼里的十四岁的男孩子，内心里那点用叛逆围成的自以为是还是被方丽的真诚攻破了。

　　方丽摸着他的头，任由他哭。

　　哭够了，覃磊告诉方丽，那天他去向父亲要生活费，因为平时的零花钱都是姥姥给，他想，姥姥家也没有钱，因姥爷生病长期卧床不起，舅舅是分了家的也不管，平时姥爷吃药的钱都是靠姥姥养鸡和编席子换来的。覃磊去找父亲。父亲不但不给，反而还叫他干脆不念书了，说读了大学也是打工，不如现在就出去打工。姥姥听了心烦，覃磊就给嫁去广州的妈妈打电话说了这情况。妈妈心疼儿子，就寄了一千元钱给姥姥，叫姥姥费心帮覃磊掌管这笔生活费。

7

覃磊知道母亲给他寄了钱，也知道姥姥把钱取回来放在了哪个箱子，但他思来想去就是想看看一千元摞起来到底有多厚。他很担心姥姥去邮局取钱时，人家看她眼睛不好就塞假钞给她。覃磊太担心了，在屋里急得像热锅上的蚂蚁，他想叫姥姥把箱子打开检查检查，但又怕姥姥骂他。当然除了检查以外，他还想把钱塞进兜里上街去走走，感受一下有钱是什么滋味儿，以后方老师出到这方面的作文题，好写作文，她不是常说写作都要体验生活吗？

覃磊觉得太有必要了，拿了钱，体验了就还回来，又不会缺少个角儿，岂不是一举几得嘛。可谁知拿着钱，他手插进口袋，紧紧地捏着，起先是有点儿心惊肉跳。但走一段路后，紧张的感觉就渐渐地没有了，接踵而至的是精神来了，精神一来，人就什么都不怕了。覃磊走上街一逛商店，琳琅满目的商品，把眼睛都看花了。

覃磊走进一家电器商店，看见那里正在宣传着新产品，其中就有 MP5。覃磊在电视上见过 MP5，当时心想这么好的东西做梦也想要啊！可自己是乡村，怕猴年马月之后才能见到了。没想，就几天，在自己的乡里也能买到了。

覃磊欣喜若狂地挤进去问。那推销员戴着一副墨镜，手把镜子往上一顶，打量着他说："要四五百，你买得起吗？"

覃磊火了，觉得门缝看人，把人看扁了，他把捏出了水的一大把钞票扯出来拍在玻璃台上。

推销员一把抓住他的手举起来，满脸堆笑地向观众大夸特夸，把覃磊都称赞得快晕了。

后来覃磊想反悔，想说这是母亲给的生活费。但不行，钱已拍出，男子汉，一言九鼎，岂能随意改变？前面是堆屎都要吃了。

所以买了MP5后，覃磊很兴奋，站着坐着都在玩他的MP5，甚至在课堂上也把MP5拿了出来，爱不释手地把玩着，没想到碰上了方老师。覃磊承认不该把母亲给的生活费说成是压岁钱和捡的，更不该……覃磊说着慢慢下床来。方丽以为他下床上厕所，结果不是，覃磊一下给方丽跪下了！方丽震惊了，接连说："不要这样，不要这样。"赶忙把覃磊扶了起来。

方丽说："你为什么要绕这么大个圈才说实话？"

覃磊站在方丽面前，低头噘着嘴，眼睛左右看了看，说："我害怕说出真相会被你们批评。"

覃磊又说，那天他和姥姥从学校回家，姥姥一看放钱的箱子锁被撬了，屋里没有挖墙凿壁，姥爷也睡在床上，又没有外人进屋，姥姥就估计是覃磊干的。覃磊怕挨打就跑了，在镇上西门一家网吧待了四天，最后那个晚上硬着头皮回了家，但过马路的时候，头晕起来，不小心就被一辆车挂倒了，肇事车也跑了。

"老师……我不怪你。"覃磊激动地说。

方丽心里立刻有了一种别样的感觉，她觉得像覃磊这样一个犟孩子，步入青春期后，表现出来一些反常行为，其实是很正常的。如果一位教师没有医生的高明医术，没有母亲的爱心呵护，没有朋友的理解、关心和信任去对待这个孩子，那么也许这个孩子就从此向另一条道走去了。如果这孩子聪明至极，那么今后也极大可能会给社会带来至极的危害。

8

第二天，方丽把家里唯一的一点儿存款取了出来给覃磊送去。医院里还是覃磊一个人，方丽问他爸去哪里了，意思是方丽要把这 MP5 的赔款亲自交给他爸。可是覃磊却说他爸白天只是偶尔来一下，不知这阵子他又去哪里赌钱去了。

覃磊说："方老师，那都是我的错，你不用赔了，真的。以后我上课再也不玩这些东西了。"覃磊再次把钱塞进方丽的口袋，方丽说得自己眼圈都发红了，他还是不收。

可是覃磊的父亲第二天又到学校来了，说覃磊的治疗费大约还需四千，这是医院通知的。

文栓说："你这是在敲诈，你这种通知，我一样可以在医院搞到，只要跟药房的医生送个红包就搞定。"

校长说："既是这样，那么就要通过公证。后来，校长决定加上次的两千，一共支去了六千，学校付三千，剩下的就由当事人负责。"意思很明白了，叫方丽负责剩下的三千。

方丽从校长办公室出来，心里委屈得真想马上离开这伤心的地方，去浙江丈夫那里打工去。可是当方丽回到办公室，对同事讲了她的想法之后，同事就劝她："你傻了，现在国家正在想方设法解决弱势群体的工资福利问题。据说其他省市都行动起来了，看来我们市也为时不远了，你一走，十多年的工教龄就没了。就是说，一丈都走过来了，难道眼下这一尺还过不去吗？"

见同事这样说，方丽只得放下了离职的想法，走一步看一步吧。

钓

1

一根鱼竿从窗口伸出去，没钓着河里的鱼，却钓着了房东侄儿媳妇的鸡。

2

鸡太闹了。黎明时分，正好睡觉的时候，房东侄儿媳妇就把一大群鸡放了出来。放出来就放出来吧，可这些鸡……特别是那只大红公鸡不得了，偏着头，拍着翅膀，咯咯咯地去追那只大母鸡。黑公鸡也追上来了，说："喂，红公鸡，你刚才在圈里才对大家义正词严宣布了禁令，要规范大家的生活作风，尤其注意自身在小鸡中的形象。怎么一出圈，你就又……"

大红公鸡梗着脖子说："老黑，你管得着吗？我明确告诉你，在这群鸡里，我是老大，一切是我说了算，我就是法律，我就是规矩，你懂吗？"

黑公鸡想，那好。于是也朝大母鸡追去。大母鸡一见黑公鸡，就趴下了。

这时大红公鸡吵起来："耶！老黑，你才不守规矩呢，朋友妻不可欺。"

于是大红公鸡马上就用嘴去啄黑公鸡的毛，恨不得把它全身的毛都啄下来。

但这时周围的小鸡愤怒了，怒吼道："规矩是你们定的，破坏规矩的也是你们，你们到底要把我们引向何方呢？"

3

"闹、闹、闹！"孙小梅的父亲怒吼道。因为许大学的岳父刚躺下又被闹醒了，于是他翻身下床就去屋角、阳台、厕所边找石子，准备教训这群不知天高地厚的畜生。当时

149

许大学和孙小梅送货估计还没走出李塘村，说不准才走到村口的鱼塘边。但寻找了半天，孙小梅的父亲还是没有找到石子。这时，另一间寝室的工人小江也睡不着了，开门走出来对孙小梅的父亲说："大爷，这段时间我也没睡一个好觉，都是这些畜生闹的，我也想哪天去买点毒鼠强来，把这些狗日的通通弄死。"

接着，另一间寝室的门又开了，工人小李拿着一根钓鱼竿从里面走出来，说："要啥药嘛，就这东西，十一二斤的大草鱼都钓得上来，一只鸡最多六七斤，难道还钓不上来吗？"

小江说："不行，你这方法绝对不行。"

"为啥不行？"小李说。

"我说不行就不行。"小江说。

小李见小江故作高深的样子，先是一愣，然后默默看着对方，等待小江继续说。但看了半天，对方并不说理由，小李就按捺不住了，嘴一撇，伸出右手的中指，在对方的眼前一竖，鄙视地说道："这——"

小李的意思是你懂什么，老板的岳父都没反对你反对，你跟我一样，都是苦力人，算哪根葱啊！

老板的岳父，也就是许大学的岳父，他是个还没结亲的老光棍，不喜欢打牌，也不喜欢去茶馆，农闲时就喜欢坐在河边钓鱼。他的女儿孙小梅就是有一年他从河边钓鱼回家，在路边的草丛里捡来的。老光棍为什么喜欢钓鱼呢？因为他只要一去河边，在鱼钩上钩上诱饵，往河里一抛，浮子动时一扯，如果是钓上了鱼的话，那鱼在水里一荡一漂，一上一下，这时钓鱼人那种既兴奋又担心的心情令他享受。如果钓上来的是条大鱼，简直会让人情不自禁地大叫起来。这就是钓鱼人的快乐！

其实老光棍喜欢坐在河边还不全是为了鱼上钩的那份快乐，因为有时一天或几天连鱼都钓不上一条，他还是照样会去，为的就是享受河边的清静、空气的新鲜，重要的是在那儿他还能思索出许多平时想不出来的道道。他认为钓鱼时，其实鱼也在钓他，这是相互博弈的过程。因为鱼也不傻，要是傻的话，岂不早被人类灭绝了？相反鱼在水的世界里，它们经常戏谑小虾小蟹，觉得能戏谑一下人，那才是它们一生中最大的荣耀。于是它们其中的勇敢者便来试探性地咬鱼钩，就是不真心，绝对不真心，只要扰得人坐立不安，心里稍有悸动才好。

老光棍没有结亲为什么却捡了个丫头来养？说白了，他也是看见村里人都在养儿防老，他也想养儿防老，但家穷没钱娶媳妇生孩子，人家也不肯把"守缺巴口"的儿子抱给他，所以他就只有去捡个"看坛子水"的丫头。

151

可谁知，丫头越长越好看，这就相当于钓鱼人在鱼饵上加了香精。再把丫头送去学校念些书，这就等于钓鱼人用上了"招魂术"，结果就这样一荡一漂、一上一下，就慢慢钓起了一个女婿——许大学。

许大学毕业于中国石油大学，原以为学能源很有出息，结果毕业后，许大学发现学能源的也并不像原来所想的那样有出息。于是许大学便投资了六十万元，自己去干了自己最喜欢的一个行当。许大学与孙小梅结婚后，老光棍觉得这条大鱼到手了，心情特别舒畅，还情不自禁地哼过几次歌。

老光棍对女儿发话："小梅，现在你也成家了，目前我的身体还行，我不想过早地依赖你们，我打算就在家里干点农活，空了去河边钓钓鱼，那里空气也新鲜。等哪一天真动不得了，再去你们那里养老。"

孙小梅说："行吧，只要你老人家愉快就行，只是你一人在家要少喝点酒，少去河边，特别是下雨天，我担心滑到河里去。"于是孙小梅就给父亲买了个老人手机，叫他有事就打电话。

可许大学听到孙小梅一说，心头就不快活了，对孙小梅抱怨："目前是我发展事业正需要人手的时候，你父亲不来，以后发展好了你父亲才来……那时你父亲还来干啥？"

老光棍觉得女婿这一招就太像鱼在钓人了，你以为鱼上了钩就一定是你的了？就可提回家做红烧、清蒸、油炸、清炖、酥焖，或者做熘鱼片、熘鱼块、熘鱼段，就可倒上半斤四两老白干吱溜两下了？现实情况告诉自己，这还不一定呢。看来过去自己还是想得太天真了。

　　不过，老光棍觉得现在就去义乌帮女婿也可以，但他有个条件，就是一周得允许他去河边钓一次鱼，因为他一辈子是散人，也没其他爱好，就喜欢空了去河边钓钓鱼。

　　孙小梅把父亲的要求给许大学一讲。许大学说："这有何难，我们那里河也有，塘也有，你想江浙一带在古代都被称为鱼米之乡，难道会没他老人家喜欢钓的江河鱼塘吗？其实不光这点，我们那里还有很多老乡。老乡都喜欢打牌、下棋、钓鱼、喝茶。每到周末，多少老乡都喜欢聚在一起，打打牌，一起吃个饭，很好玩的。"

　　老光棍就喜欢这种天堂般的居住环境，于是他就把家里的鸡、鸭、鹅及粮食都挑上街卖了，并把钱当面交给了女儿女婿，说："我的钱今后反正也是你们的，与其说今后给你们，还不如现在就让你们拿去，把生意做大一点。"然后，老光棍就把衣物该洗的洗，该晒的晒，晾干后用塑料口袋装好，悬挂在寝室吊扇的挂钩上——怕被老鼠咬坏了。

4

可是去义乌一看，河在哪？义乌有河，但离李塘村太远了，老光棍当时说的意思，是在住地附近钓鱼，意思是下班后便可去钓几竿。当然对于这一点，老光棍也怪自己，想问题不够缜密，被许大学钻了空子。许大学当时还说这里有很多喜欢聚在一起的老乡，可老光棍来到这里才知道，许大学的老乡是很多不假，但周末打牌、下棋、钓鱼、喝茶、一起聚餐的人又在哪儿呢？

后来老光棍才知道，很多老乡都是因为家里穷才来义乌淘金的，并不是许大学描述的那样，只要去了义乌，都能淘到金，都能过上周末打牌、下棋、钓鱼、喝茶、一起聚餐的日子，可以说，有多少人来到义乌之后经济条件还雪上加霜了，特别是从云南、贵州、四川、重庆这些地方去义乌想发财的，有不少人反而还进了精神病医院或监狱。周末与老乡聚在一起打牌的人有，但一般都是在义乌生活多年，在这淘到金的人。但他们也只能去宾馆打，绝不像四川、重庆人那样在大街的茶馆里大张旗鼓地摆开打。因为义乌的大街没有四川、重庆那种茶馆。

许大学算什么？算淘到金的？还是算"雪上加霜"的？老光棍看了看，觉得都不是，因为许大学正走在这条南漂的路上。

但老光棍有一种被骗的感觉，他感觉许大学在"钓"他，而且鱼钩上还根本没有钩食物，钩的是一颗染了色的塑料豆。

5

老光棍是个勤快人，少言寡语的，一天只要烟、酒和三顿饭给他管好，他就可以驴绕磨子一样为你旋一天。老光棍每天一大早就起来把楼上楼下的阶沿、楼梯及院坝打扫得干干净净，然后烧一壶开水，把茶沏好，就去外边的街上吃早餐了。回来后，老光棍便开始了一天的工作。但晚饭后，老光棍是不加班的，即使有的计件工需要加班，老光棍也是绝对不加班的。他也不看电视，电视他也看不懂，当然，就更谈不上玩智能手机了。那么就只能睡觉。老光棍自身也是六十多岁的人了，瞌睡的时候并不多。

李塘村没有河，但还好，李塘村的村口有口鱼塘。

老光棍还是惦记着钓鱼，于是就叫许大学给他买根鱼竿、鱼钩，还特别吩咐他要买支夜光浮标。因为白天没时间钓鱼，老光棍便决定吃过晚饭再去钓，反正晚上时间早了也睡不着，在床上翻来覆去，烙饼样难受。

许大学说："行。"

半月后，许大学还没有把老光棍要的东西买回来。老光棍憋不住了，问许大学。许大学说："哎呀，老爸，真对不起，事太多忘了。"

"忘了就忘了吧，谁没有忘过事呢。但记起之后就不要再忘了，如果还忘，那就是故意的了。"

又过了半月，老光棍还没有见到自己要的东西，他就生气了，问自己的女儿孙小梅："小梅，你跟我说句老实话，许大学到底对我来这是怎么想的？"小梅想到自己一边是丈夫，一边是父亲，也不知该和父亲怎么说，便敷衍了父亲几句安慰的话。

老光棍当时就气得想走了。

孙小梅赶紧拉住父亲，吞吞吐吐地说："许大学说你老人家都几十岁的人了，难怪一辈子娶不上媳妇。厂都这样了，不说多干点活，还有闲心去钓鱼。"

老光棍最恨别人说他"一辈子娶不上媳妇"这件事。这是他一生的痛。

老光棍咬咬牙，豁出这张老脸叫孙小梅拿点钱给自己，他自己到镇上去买。如果不拿，他就打算去别人家的工厂打工去了，即便是守门都可以。在这里干，他简直受够了。老光棍这才悔恨自己上当了，来这里之前，为什么就要把自己辛辛苦苦喂的鸡、鸭、鹅及卖粮食的钱，一分不留地全交给女儿女婿呢？自己给自己留一点点不好吗？

6

义乌的傍晚比老光棍的家乡来得早，早了一个小时。
老光棍在家乡是傍晚吃夜饭，现在义乌也是傍晚吃夜饭，
但现在义乌提前的一个小时用来干啥呢？在家乡是睡觉，
在义乌是睡觉还是跟工人一起加夜班去呢？老光棍心里在
犹豫：年轻的时候都没这样拼过命，难道泥巴都埋到胸膛
了去这样拼命吗？

去他娘的夜班！老光棍吃罢夜饭，便兴致勃勃地带上
那套自己新买的渔具，去村口的鱼塘钓鱼去了。可是一坐
下，刚把鱼竿从套子里拿出，就有一个说浙江方言的老头
气冲冲地走来，叽叽呱呱地说了一大通，老光棍不知他在
说些什么。不过从他的口形、语气和手势来看，意思是那
鱼塘是没有放钓的。老光棍说："那为啥天天都看见有人
在里面钓鱼呢？"那守鱼老头听不懂老光棍说的话，便把
老光棍拉去鱼池旁边看一块牌子。那牌子不大，不锈钢管
上焊接了一块小黑板，约莫半人高的样子。但老光棍不识
字。那浙江老头儿着急得说话口水四溅，有几滴都溅到老
光棍的脸上了。老光棍抹了脸上的口水沫子，后退了一步，

那浙江老头儿又前进一步。老光棍深知远方的龙神不如近方土地的道理，忍了又忍，他想，要是在家乡的话，老子不给他一拳才怪。

后来还是马路上一个过路的年轻人，以为这里在吵架，走过来看热闹，才帮老光棍解围。那年轻人弄清了原委，便用普通话解释给老光棍听。原来这是上面普照寺的一个放生池，过去是不准垂钓的。现在有条高速公路要从这里经过，把这寺庙的放生池征用了，但里面的鱼是只允许老板钓的。老光棍想，哎呀，老板就不得了，我女婿就是老板呢。于是老光棍就掏出女儿给他买的老人机，拨给许大学。许大学接到老光棍的电话，没过多久就到了。那浙江老头，从上到下看了一遍许大学，说了一句让老光棍震惊的话："你不是老板，是冒充的。"

许大学不太注意自己的仪表是实，原因是厂里没有专业的搬运工，所以长期以来，上货、下货、运材料都是自己来，因此衣服就易脏，天天洗又耽搁时间。

后来那浙江老头儿通过先头那过路人的翻译说："你说你是老板，那你把今年你们厂向国家纳税的发票拿来看看。"这下把许大学气坏了，简直岂有此理，钓个鱼而已，你这又不是税务局，我交不交税，交多交少，关你屁事。

"走，别在这钓了！"许大学说着便把岳父拉起就走。

实际许大学内心高兴惨了，因为如果许大学自己不准岳父去钓鱼的话，岳父不跳起八丈高才怪。嘿，这下岳父蔫气了，什么都不说了。

　　鱼是钓不成了，但瘾还在。老光棍每天吃了晚饭，去睡觉不可能，去加夜班更不可能，于是他就披件衣服，揣着手，肩头一耸一耸地，慢慢游去村口，坐到那寺庙门外的石阶上，一边抽烟，一边看着下边的放生池，看着那些老板，开着车来，将车停在路边后，慢吞吞地走去后备厢拿出渔具，再走去鱼塘边钓鱼。一切行动都显得大气、稳重。老光棍明白了，不慌不忙的人才是真正的老板，像许大学那样又慌又忙的，用那浙江老头儿的话来说，就是冒充的。看来许大学又把老子骗了，龟儿子钓鱼又是鱼钩上没钩食物，而是钩了一颗染了色的塑料豆。

7

　　一天，许大学厂里招了个贵州来的女人。那女人说她的男人另娶了一个年轻漂亮的小女人，不要她这老女人了，所以她才出来打工。那女人见老光棍是个光棍，又是老板的岳父，是条大鱼，就暗暗地向老光棍的生活里伸去了钓鱼竿。可以说，那女人连许大学惯用的"染色塑料豆"都没用，姜太公钓鱼不要鱼钩的方式也没用，那女人仅用几个眼神，就把老光棍钓上了。

贵州女人钓上老光棍的事，许大学刚开始并不知道。一次吃了晚饭之后，大家都在坝子里休息，有的抽烟，有的在用牙签剔牙齿。这时那贵州女人坐在一旁的矮凳上，她反着手去挠自己的背，挠了半天，脸都变形了，可就是够不着那要挠的地方。这时候，老光棍叼着烟从洗手间出来，那女人一见老光棍，便把那变了形的脸扭向老光棍求助。老光棍可以说想都没想，把烟一扔，过去蹲在她的后面，就将手伸进衣服里为她挠起了背，挠得那女人的脸都笑成了菊花。

许大学气极了，把气往孙小梅头上撒："原来我还低估了你爸的能力呢，没想他很会钓婆娘的。那女人才来几天哟，你爸就把人家钓上了。"

一天，许大学利用送货的机会，特地叫岳父与他一起去搬东西，实际是骗岳父出去，找岳父谈事。电动三轮车突突突地在义乌的公路上飞跑着，许大学一边开车，一边装着若无其事地对副驾上坐着的岳父说："爸，我看你和那贵州女人处得还不错呢？钓上了吗？"老光棍可是个老江湖，谈点男女之事可以说是顺手拈来。但只是在外和朋友谈女人有时会这样直接问对方，可他还从没遇上过自己的家人对他这样面对面地问，特别是晚辈。这时老光棍的脸唰地红了，支吾了下，颈子一梗，瞪大眼睛说："你在说些啥哟，我钓她？你把我说成是啥子人啰。"

"呵呵——"许大学浅笑两下，不想说了。

后来，许大学说："爸，你是不是觉得小梅离开你以后，你感到很孤独？"

老光棍说："不呢。我现在一天三餐又不用我自己烧火，厂里又有这么多人，我孤独啥？"

许大学说："如果你觉得孤独，过去你没有这个条件，现在有了，你完全可以去找一个合适的女人。不过那贵州女人不行，一是她太年轻。我估计她起码小你二十多岁吧，你经得住她折腾吗？二是凭我直觉，她是看到我们家有个厂的缘故才来亲近你。你想，她说她的男人另娶了一个年轻漂亮的小女人，她受不了就来义乌打工了。你信吗？我觉得她肯定是没有钱又怕吃苦，才想直接钓上你，过享福的日子。"

8

许大学回家后就把那贵州女人辞退了。

老光棍气坏了，觉得自己又上了许大学的当。其实老光棍心里很清楚，我都这把年纪的人了，还娶什么女人呀，娶来还能奢望她给自己生出一男半女吗？即使能生，他有能力把孩子抚养成人吗？老光棍就想利用那贵州女人钓他的机会，趁机也想尝尝谈恋爱的滋味。但许大学连这甜头都不给他尝，直接把贵州女人辞退了。老光棍心里对许大学的意见更大了。

于是，有一天老光棍对许大学说："我想回老家耍一阵，给我买张车票吧。"

许大学听了，撇过头去想了半天后，转过头对老光棍说："可以。你回去耍耍，在屋里待烦了再来吧。"

于是老光棍就把自己的衣物叠进行李箱，准备车票一拿到手就离开这个伤心地。其实老光棍早想好了，他这一走，哪还会再来呢。因为女好不如女婿好。自己女婿都这个样子了，女儿是嫁鸡随鸡，嫁狗随狗的，也好不到哪去。

老光棍认命了。

以前老光棍每晚用玻璃杯喝一杯酒，这天晚上，他喝了两杯。喝完之后，他回过头去看着车间里的注塑机、粉碎机、吸卡机，以及由这些机器生产出来的一筐筐刮胡刀架、刮胡刀盒、镜框、雪花泥……看着、看着，老光棍的眼睛就湿润了，接着一滴两滴热热的泪水就犹如断线珍珠似的从眼眶里流了出来，流到面颊，流到下巴上，流进了胸前的衣服里。

老光棍想，如果现在有瓶安眠药就好了，因为在二十年前，在他还没有捡回孙小梅的时候就打定了主意，如果以后他生病了，尽管过去对弟兄姊妹付出了许多，但久病无孝子，就更谈不上是弟兄姊妹了。老光棍知道自己的归宿就是一把安眠药和二两老白干。可自从捡回了孙小梅，他的想法就变了，于是又活过了二十年。可是最让老光棍没想到的是，他精心炮制钓到的女婿，到头来竟成了自己的掘墓人。

一周过去了，怎么许大学还没拿车票来呢？是火车票紧俏？现在又不是春节。是许大学连车费都不想给自己？还是……老光棍又没钱，因为许大学口口声声说，一家人干活不是外人，是外人才给工资。所以，每月许大学只给老光棍四百元的零花钱，用于买烟买酒买洗漱用品。可是一不小心，四百元很快就没了。没了，老光棍也从不找许大学要，更不找孙小梅要。因为他知道孙小梅当不了家，就像上次他找孙小梅要钱买渔具。孙小梅给了，其实后来才知道都是许大学给孙小梅买东西的钱，女人嘛，每月是有一些东西需要买的。老光棍想，如果他有钱的话，早就回老家了。但现在自己身上没钱，回老家的路程几千千米，总不能徒步走回家吧。许大学成"周扒皮"，老子成"包

163

荒月

身工"了！

9

一天，许大学和孙小梅送完货开车回家，车速很快，在开出廿三里镇的时候，他们突然发现父亲埋头迎面走在公路上，走得满头大汗，他把罩衣脱下来搭在手腕上。许大学和孙小梅都没有停下车来和父亲打招呼。其实他们也不是不想打招呼，而是没来得及，因为父亲在进入他们眼帘的时候，车已经驶过去了。"小梅，你爸准备走哪去？他是不是回老家？"许大学问。

孙小梅说："可能吗？你车票都没给他买。"

按理说，与亲人擦肩而过，不论哪种情况，都是应该把车靠路边停下，打声招呼的。但许大学没有，而是继续在想，是的，老丈人如果是走的话，他一定会带上他的行李。那么他去哪里呢？孙小梅说："你读书行，怎么连这个都不懂呢？你想，在这里，如果他是买东西或者是理发的话，他完全可以就在李塘村街上买或者理发了，用得着跑到廿三里镇去吗？所以，据我分析，肯定是那贵州女人又与他联系上了，他去找她。"

许大学用手拍了下自己的额头，恍然大悟道："老婆说得对，他可能就是……那我们赶紧折回去问他。但他不是亲口对我说的他和那女人根本就没那回事吗？"

孙小梅说："算了。爸爸这人是个死要面子的人，你如果这样去问他，弄得他好尴尬哟。实际上今天他出来，说不准就是看中我们出去送货了，以为我们像以前那样，要好一阵才回去呢。"

许大学点点头："也有可能……如果他今天真的是和那女人联系上了，今后还甩得掉吗？"

孙小梅说："如果他甩不掉，那他两个就单独过去。"

许大学说："那到时你的二爸、幺爸和姊姊他们找来，咱俩咋说？怕要说我们过河拆桥了。你想，当时我是当着他们的面承诺了的，要赡养你爸，送终到老。还有那女人的老公到时找来了咋整？你爸有钱吗？到时惹下祸来还不就是我们去买单。也就是说，现在我们明明就见他要出事了，而不去拉他，这岂不是眼看着他去跳崖吗？"

孙小梅无语了。

许大学在公路上打个转，气鼓鼓地自言自语道："没见过，这老头儿原来还是这么个口是心非的人。"

许大学掉头往回开，大约开回去了五百米，怎么公路上一下子没有岳父的身影了？估计他也没走五百米啊，是藏起来了吗？还是就在最近的这几家小厂呢。于是许大学把电动三轮车停在路边，就和孙小梅下车去，对这几家小厂进行地毯式的搜索。所谓地毯式的搜索其实就是走去询问，问刚才有个花白头发的小老头儿，大约六十多岁，人瘦，身高一米六的样子，穿件T恤，手腕上搭着一件罩衣，走得满头大汗，是不是到你们厂来了。对方说："没看见，你去别的地方问吧。"

问了两三家，孙小梅对许大学说："大学……"孙小梅叫了却不说话，只把头低了下去。许大学说："我知道你的意思，是叫我别管了，是吗？但这事我们不管行吗？他不是去干好事，而是去破坏别人的家庭，你懂吗？相反，我就不明白你了，他明明是去干坏事，你为什么还护着他？……有时我提都提不得，一提，你就不高兴，请问你是啥意思？"

孙小梅不吱声。

许大学继续问："请问你是啥意思？"

孙小梅还是不吱声。

许大学发火了，说："啥意思，说！"

孙小梅急了，提高嗓门："啥意思，我能有啥意思？我是看到他可怜，造孽啊！"

"哈哈！可怜、造孽，你心还软呢？"许大学一阵奸笑。奸笑之后，脸马上黑了下来："哦，现在我总算搞清了，原来你还是这种人！"

"啪——"许大学脸上挨了一耳光。孙小梅用手指着许大学："许大学，我是哪种人？我是哪种人难道你不清楚吗？说，我是哪种人？！"

许大学摸了摸自己的脸，不吱声了。

孙小梅继续说："你今天必须给我说清楚，我是哪种人？！"

许大学还是不吱声。

孙小梅说："好，你既然不说，那说明你和我结婚很冤。既然你都这么想我了，那我们离婚吧。"

10

结果是小江告的密。小江那天早上吃的油条，以前他常和小李及老光棍一起上街吃饭团、包子、面条、米线，次次他从那油条餐馆门前路过时，总想买一根，但一掏口袋，囊中羞涩，因半年多大学都没发工资了，每月只发四百元早餐费，说现在生意不好做，资金周转不过来，等下半年生意好转了，年终一次性付清，绝不赖账。

小江买了根油条，边吃边走。

小江上楼，就听见老光棍和小李在小声说话。小江早估计到了，他们一定是在真钓那小媳妇的鸡，因为听到楼下那些鸡在咯咯地惊叫。他不好阻止，他知道老光棍和许老板有点不和谐。但他不敢得罪任何一方，因为老光棍得罪不起，尽管看起来他们是有矛盾，可实质上他们是属一家人之间的内部矛盾，都是自家人，很容易和好。许老板更是得罪不起，一旦得罪许老板，肯定马上叫他走人。说实话，因许大学欠他工资太多，都几万了，他不想离开，更不想许大学的厂就这样垮掉。

小江知道他们已经闯祸了，小孩都知道兔子不吃窝边草。小江之所以提出用药，前提是，要等那小媳妇和另外的人闹了矛盾之后才可使用此计。一句话，为了打击敌人，又能保护自己，这才是上策。

但现在还来得及，只要没把鸡钓进屋，把那鱼线一剪，谁知你的鸡吃了谁的鱼钩死的？于是小江躲去厕所，马上给许老板打电话，请他赶快回厂，厂里要出大事了。

许大学和孙小梅闹了矛盾之后睡一觉又好了。这时小两口送第一趟货收了钱正驾驶着电动三轮车飞奔在回厂的路上。今天他们心情很好：一是去的路上没有堵车，没有交警。二是孙小梅去收款，老板见了，二话没说，把账一算，就把钱给他们了。这是很难遇到的好事，以前每次送货或者收款，都会遇上一些这样或那样的烦心事，而今天没有。

许大学认为，这绝不是偶然，是他把那贵州女人开掉以后，聘请那位严格把关的工人的结果，没有退货，批发商省事，零售商省事，皆大欢喜了。因此许大学从中悟出一个道理，自己以前的经商理念有问题，认为一个产品有点瑕疵这很正常，人无完人嘛。其实这是错的，做产品就得精益求精。

许大学和孙小梅一边开着三轮车，一边描绘他们生意蓝图的时候，电话响了。听小江说了事情的大概之后，许大学马上给岳父打电话。岳父的电话通了，但没人接。许大学给小李打。小李接了，他说他在睡觉，根本就没去钓什么鸡。许大学说："你别装了，这件事如果做了就闯祸了，因为这不是一只鸡那么简单的事。"许大学叫小李把电话拿给他岳父听。小李说："许老板，我真在睡觉，真没去钓什么鸡。"

难道小江会乱说吗？小江是乱说的人吗？许大学气坏了，说："小李，你明明在钓鸡，为啥你偏说你在睡觉，你到底是啥意思嘛你？！……"

许大学当时心里急，眼看厂子有起色了，他们怎么去干这种事呢？

说实话，许大学一样烦，恨不得早就把那小媳妇的鸡弄死，通通弄死完才好。但自从许大学上次去和那小媳妇协商的时候，才知道那小媳妇的厉害，小媳妇说："我不喂鸡可以呀，那你许老板除非把我的鸡全买下。如果不买，那你就得租我的房子。我的房子一共两间，每年共计两万。我的房子绝对能过'消防'审核，还不像你们现在租的房子过不了'消防'审核。"许大学一听，才知道这小媳妇对他们租她叔叔的房子有意见，意思是没租她的。看来这小媳妇是心里早都对许大学有意见了。

许大学又气又急，把车开得飞快，刚开到村头鱼塘边的时候，从旁边的岔道里奔出来一辆大货车，司机在打电话，也没给许大学按喇叭。关键是货车开得太快，转那三角弯道时，占了许大学的道。许大学也一手握方向，一手打电话。刹车踩到底了还是往货车身上碰了去。许大学本能地往右一打，嘭！碰到了大货车尾，弹出去一丈多远，三轮车翻在了鱼塘边的水沟里。孙小梅坐在三轮车的副驾上，整个身子犹如一袋货物一般摔在了水沟里，三轮车整个压在她身上。

许大学重重地碰在了挡风玻璃上，晕了一阵。醒来一看，本来在副驾上坐着的孙小梅没了。再看——天哪！许大学从驾驶室爬出去，绕着车转了一圈，发现了晕倒在沟里的孙小梅，她的头碰在水沟的石壁上，血从头发里冒出来，流到额头，流到脸颊，流到下巴，滴答、滴答，滴到胸膛上，地上红了一大片。

许大学高呼："救命！"

肇事司机来了，守鱼塘的那个老头儿来了，过路人来了，大家七手八脚把三轮车抬开。这时许大学晃了两下也倒地不省人事了。

公路上很快围了一圈人，有的说赶快拨打120，有的说这地方偏僻，没有大的标志，救护车找不到准确地点。于是有个当地的年轻人就飞跑回家骑摩托车去，骑去李塘村前面一个村的路口，那里是义乌去杭州的大公路。

医生来时，把孙小梅的眼睛翻开，用手电筒照了照，摇头说："没救了。"又把许大学的眼睛翻开看了看，说："这男的还有救，赶快抬上车吧。"

许大学的父亲闻讯赶来，他说媳妇已经去世，儿子是颅内出血，幸好抢救及时，不然就成植物人了。他指着注塑机说："十五万买来的机器哟，五万都没人要。"

又指着粉碎机说："三万块买来的粉碎机哟，三千块都没人要……这孩子犟啊！大学毕业那时，瞧不起普通单位的工资，一心要自己当老板……"

围观的人说："你们家很有钱吧？"

许大学的父亲说："有啥钱呢，我和他妈都是乡村教师……为了儿子当老板的心愿，开工厂时，大部分钱都是我们找亲戚朋友借的……"

　　原来，我觉得开车接打电话罚款二百元，记三分，处理得太重了。现在看来这规定轻了，应该罚款两千，二万，甚至更高，记二十分都是可以的，目的就一个——开车就是不能接打电话。第二天，许大学的父亲打着伞，提着一个包，埋着头，怪可怜地蔫不拉唧地走了。听说他们是重庆人，老光棍按理说是应该回重庆老家的。可是老光棍并没回重庆，而是朝李塘村那放生池上的普照寺走去了。

荒月

　　阿月没有说话，只是默默地压抑着这种离别的惆怅。哪怕只有一天，也值得铭记一生。因为触景生情，阿月不禁又想到了她的娘——娘是多么疼她爱她的啊！可是，不知为什么，却……

　　跋涉了大半天，没有寻着一朵木耳，她甚为气恼。

　　阿月坐在一丛茅草上，啃着干馍。忽然一个大胆的想法跳进了她的脑子——到朦子沟去。朦子沟多的是树木、死蕨，也许……但听说那里还有狼、有大蛇，那么……唉，这也是为了生存，但愿神灵保佑吧。阿月扛着口袋，躬身走了数丈又回过头来，面带感激地盯视着那片乱卧着的腐树，似乎与当年那乱砍滥伐的人的手已经紧紧握住了。

阿月用心记下了这片林子的特征，打算下次再来。

脚下的陈年腐叶软软的，阿月像踩在了海绵堆中。接近山梁了，林子愈发幽深、恐怖，环顾四周：柏树、楠木、青松……树冠竞争着广阔的空间，洋洋洒洒，伸进天际。终日荫翳的林间，少草少蕨，倒成了木耳、蘑菇、地芩、地茨的天下。

阿月吃力地走着，口袋沉沉，这一袋，也许会值几十块甚至上百块钱，这对于阿月是一笔企盼中的数目了——因为一畦菜、一担谷的周期既长，还需整地栽种、施肥杀虫，殷勤侍候才能获得。丈夫周圆不在，只能靠她一人硬撑着这个家。她生完玲玲是没有奶汁的，坐一回月子，肚子挖空了，月子里吃的是青菜萝卜，现在一见那青菜萝卜胃里就恶心得冒酸水。

站在代销店货柜前的阿月，看着货架上琳琅满目的东西，递给年轻店主两块钱，说："我买那字母饼干。"店主说："嫂子，你这两块钱不够啊，再添四角。"阿月掏了掏口袋，再也摸不出钱来，说："怎么又涨了？"店主说："没涨啊！原本就是这个价。"阿月说："噢，那……我赊账，请你记上。"店主说："嫂子，我最近要进货，请原谅，平时绝没问题。"

阿月窘了，站在那里犹豫不定。

"哎哟！嫂子，你差钱吗？我这里有！"

阿月扭过头去，一看是山狗，愤然说："饼干我不买了。"

年轻店主说："嫂子，不称一斤，称半斤吧？"

"一两我也不称了。"阿月将钱拿回，头一撇，挺着胸走了。

望着阿月离去的背影，那年轻的店主嘻嘻笑了……

周圆走后不久，阿月曾给山狗借过十块钱给玲玲买饼干和称盐、打油。

玲玲吃着饼干，一块接一块，睁着大眼睛望着阿月说："妈妈，爸爸呢？我要爸爸，你说爸爸给我买风筝去了，怎么还没回来呢？"

"乖乖，你爸爸去很远很远的地方买去了。他一定会给你买回来的。"

窗外，有一个人影。

"嫂子！"

阿月一怔，放下玲玲："哪个？"

"我呀，你听不出来了吗？我是山狗。"山狗站在窗前，眼睛像手电筒般射在了室内伫立在墙根的阿月的脸上。

阿月看着他那直勾勾的眼睛，问道："山狗，有啥事？"

山狗踟蹰着，颤颤地说："嫂……嫂子，你……你开门吧！"

"山狗，你有啥事？莫这样结结巴巴的。"

"嫂……嫂子，你借我那十块钱，就不用还了。"

"你这是哪里话！你以为我不还你了吗？只是我这里暂时……"

"哎呀，嫂子，你不要误解了。我只是想……自周兄走了以后，想到你太寂寞了……"

阿月气得发疯了，她瞬间明白了这一切。悔恨、屈辱、愤怒的火焰从心底油然而生，焚烧着她的每一根神经。阿月顺手抓起一件东西扔出去，喊道："我不是那种人！你滚吧！"

终于爬上了山梁。现在只要沿着山梁往东，翻过马鞍山，顺着来时走过的那条护林的沟壑，再走一个多钟头就能到家了。

山梁的风很大，树林中发出了飒飒的呼啸声。阿月汗湿的衣服被风吹得冷溻溻的。太阳已经从树梢上滑落下去，洒下了满天的余晖。这时候，母亲可能把午饭煮好了吧！因为缺粮，人家一日三餐，她们家只能凑合吃两顿。早上吃的馍，母亲担心她爬山易饿，特地从口中省了一个，拿荷叶裹了，塞进了阿月的口袋。母亲大概又抱着玲玲在门口眺望了——母亲见我捡了这么多木耳，该是多么高兴啊！……山狗那十块钱我绝对会还他的，我现在有钱了，是我劳动所得……莫把人说邪了，我不是那种人。阿月想。

母亲的嘴凹瘪得很深，牙已掉光，只剩牙床了，什么东西都要吃软的。周圆说，有了钱，要给母亲镶一口假牙。母亲也太可怜了！父亲才三十二岁就离开了人世……母亲一人把周圆拉扯大——阿月娘家在云南，家中有六姐妹，她是老二。头上有个哥，到该娶亲的时候，家中缺钱。村里有个小脑袋，又是个跛着脚的矮子，父亲是村支书。阿月的母亲就对正在上初中的阿月说："……阿月，这不是当娘的心狠！确实没办法呀！如果你犟着不愿的话，也应当替你哥哥和我们想一下吧！"阿月扔下书包，发疯似的冲进卧室，抱头痛哭，大声哀号着："妈妈呀！我不嫁，我要读书。救救我吧！……"

"不嫁不由你，人家支书让你当媳妇是瞧得起你，是你的福气！"阿月的爸将碗狠狠地撂在桌上，厉声咆哮着。

阿月拒婚，从自己的家中逃出来，夜半三更，翻山越岭到了舅父家，求舅父劝解她父亲，不要逼婚，她想继续读书。若父亲不答应，就求舅父在外地为她找个做工的地方。结果，她舅父也果真去找了人，说把她带到四川某县的一个大型企业去，这企业生产地毯，月薪高，劳保、福利、奖金样样都有。于是，年轻的阿月就相信了，寻思着：如果进了厂，就可以攒很多很多的钱，父母之所以拿她作为"商品"是因为家里穷啊！如果在悄无声息中，陡然寄去一笔钱，既宽慰了父母，哥哥的娶亲也能圆满，岂不都好吗？

周圆比她大十几岁，尖嘴猴腮，身子矮小，看着颇不顺眼。但阿月慢慢发现他心眼儿特好，在外边吃颗糖，得个橘子，都要包一半回家。而且婆婆也极善良，从无一声高腔对她。因此，阿月对周圆也就慢慢有了好感。阿月清楚地记得第一个晚上，人贩子将她带到周家，说周圆是地毯厂的质检员，得先去跟他聊聊。进屋的时候，天已经黑了，一瞥周圆，哪里像什么有工作的人？无论从气质还是从穿戴，都一眼可见与地道的乡巴佬没有两样。尽管屋里是整理布置了一番，但一看那倾斜的土墙及室内家具仅一桌、二床，一柜、四凳，墙角塞满了破烂，这像一个大型企业质检员的家吗？正在她犹疑不定，欲问带她的那人时，那人不见了……

阿月去探过周圆两次，两次都是在看守所，但只见到一面。周圆瘦了，眼睛深陷下去，像个骷髅。他俩谁也不说话，默默地对视着，两双渴盼已久的眼睛在急不可耐地诉说着千言万语。末了，他抬起手，抚摸着她那消瘦的肩头说："你回云南老家吧！请把玲玲留下，我们离婚……"

声音里裹着他的悲怆和骨气，似乎阿月和他结婚以来，这是她第一次听到他这般不由分说却又饱含理解的话。

"不！我坚决不！无论你劳改到哪一天，我都要等，都要带玲玲来看你！……"

那天，还不到放广播的时间，墙上的广播响了。广播里有个高亢的声音，在急促地喊着周圆和山狗的名字——是公社播音员的声音。

"阿月，我对不起你！"周圆的腿一弯跪在了阿月的面前，面色苍白，没有一丝血色了。

"你怎么啦？"阿月吃惊地看着他，"广播叫你干什么，他们怎么知道你的名字，你快说！"

"阿月，我……我和山狗上次去广州打工，干了活儿，老板不给钱，后来，我们就把老板抢劫了，给你买的那衣服，给玲玲这段时间买的奶粉，给妈买的那个皮烘笼，都是用的那笔钱。阿月，我对不起你，我撒了谎！我在你面前第一次撒了谎……"

阿月想到这里，肩上的口袋越来越沉重，被风吹干的衣裳又湿了，脚也出了汗，塑料底的布鞋黏糊糊的。离马鞍山还有多远呢？

阿月仰起头，看了看天色，该歇一歇了。她把口袋放在一棵大柏树下，背靠着树干，坐在口袋边，又拿衣袖拭了拭汗，环顾四周，依旧是繁密的杂树林子，楠木、青松、文木，葛藤攀缘的枝枝条条纠缠在一起，像一张铺天盖地的网。

忽然间，阿月的眼睛直愣愣地停在一个地方——眼球停止了转动。她发现了那棵C形的柏木，那棵在一个多小时前看到的C形柏木。阿月忽地站起来，去那棵树下，围着树，转着圈儿。是的，是这棵树，地上还留有她的脚印。她迷路了。她拼命地摇动树干，树上的片片枯枝败叶，像雨点般地筛下来，她的头和衣服上都落满了片片枯叶。她一时间没了主意，失神地在原地打转。四下里像是一张张开的网，将她围困在中间。

她像一条疯狗，在茂密的丛林中无目的地狂奔——这下完了，出不去了，要死在这里了，该喂狼了。她在心里声嘶力竭地喊。

山峦、树木、木耳、钱、玲玲、周圆、母亲、山峦、树木……

荆棘藤蔓横着的枝条在她的脸上手上划出道道血淋淋的口子，她却毫无知觉。

一截倒木将她狠狠地绊倒，重重地摔在了地上，她无力地趴在半山坡上，闭上了眼睛，就这样睡去，她想，就这样安安静静地睡去吧。

"阿月，我对不起你！"周圆说。

"妈妈，我要妈妈！"玲玲扬着白嫩的手说。

她一下子清醒了，我要出去，我不能在这里等死！她挣扎着坐起来，膝盖一阵疼痛。她小心地挽起裤子，膝盖破了一道口子，正向外涌着鲜红的血。

先头一直是顺着山梁向东——向着太阳升起的地方走的。怎么又转回来了呢？难道自己就真该死在这里了吗？

矮树和荆棘的枝叶笼起一片阴影，让人疑心那里隐藏着某种不祥。数不清的树干静静地立着，环山犹如汹涌的波涛，像一个个被飓风刮起的旋涡。

阿月定定神，扛起口袋顺着来路走去。她走走停停，仔细辨别着方向。忽然，前面的一棵大树引起了她的注意。

这棵大树有两三抱粗，张起的树冠好像遮住了半面山坡。来时怎么没有见到这棵树呢？她朝四下里看了看，围着树转了一圈，发现一面树皮光滑，另一面树皮粗糙，并且接近底部的地方还生出很高一截苔藓。显然有苔藓这面是阴面，而另一面，正好顺着来的方向，自己不是还正朝丛林的深处走吗？天啦！她打了个寒战，心里一阵止不住地发怵。她清楚地记得，早上来的时候，是正朝西面走的，又折向南行，现在只能往树皮光滑的那面走。于是，她改变了方向，开始迎坡而上。尽管山坡越来越陡，但她顽强攀缘，终于爬上了山顶。

远处，又传来狼的嚎叫声。阿月停下来，仔细听了听，放轻脚步向前走去。突然，身边的林子里又发出窸窸窣窣的声音，好像是蛇，是大蛇，正张着吃人的血盆大口伸着芯子向她扑来。阿月的脑子轰的一声，慌不择路地往前逃命，蒿草划破了她的脸，树干碰着了她的头，什么都不痛也不热了。阿月逃到山边，四处已经无路了，而脚下唯有一条当年伐木用来放树的沟壑，但很陡，绝不是人能走的。阿月顾不得了，因后面窸窸窣窣的声音越来越近。阿月拉着一根藤，毅然跳进那山顶通向山脚的滑木沟，山峦、树木、木耳、钱、玲玲、周圆、母亲啊！……我没办法了……阿月手一松，看见天刹那间黄了，只听见耳边呼呼的风声，后来什么都不知道了。

阿月醒来的时候，发现自己正躺在一个大沙坑里。怎么会是沙坑呢？原来木头从山顶放下来，在山脚底部舂杵成了半个球场大的一个臼，之后雨水流下所带的沙便成了现在的沙坑。阿月晕了一阵又豁然开朗了，前面的溪涧不正是来时的路吗？阿月去沟边捧水洗了脸，用茅草擦了衣服裤子，转来扛起口袋正想走，回头一望后面翠绿的山，让人不敢回首的山啊！是怎么下来的？阿月浑身起鸡皮疙瘩了，放下尼龙袋，恨身边没有鞭炮，没有红缎，没有香蜡纸烛。尽管如此，阿月仍然面对沙坑和沙坑后面的那条滑木道，虔诚地跪下，作了三个揖，磕了三个头，才起来扛着尼龙袋朝回家的方向走了。

阿月卖了木耳，给玲玲买了风筝，给周圆买了御寒的衣服和母亲一起进城看望周圆去了……一路上，风筝飞得很高很高。